河出文庫

# 逆さに吊るされた男

田口ランディ



kawade bunko

河出書房新社

# 逆さに吊るされた男

1

「Yさん。お元気ですか。年初から仕事が忙しくてずっと面会に行けず、ごめんなさい。急なことなのですが、明日、東京地裁にて、Yさんが証人として出廷する裁判を傍聴することになりました。いま、東京に向かう電車の中で、このハガキを書いています。記者の友人が、私にしか書けない記事があるだろうとすすめてくれたので、迷ったけれど、お受けしました。でも、Yさんの個人的なことがらにはけっして触れないから安心してください。いまさらこんなことを書いても、あなたが手紙を読むころには、もう証言は終わっているのだけれど。週明けには必ず面会に行きます。

羽鳥（はとり）よう子」

平日の午後で、東海道線のグリーン車に乗客はまばらだった。

仕事が忙しかったというのは言い訳。「あなたの記事を書く」と言い出せなかった。Yはマスコミを避けている。それを知っていながら、新聞社の依頼を受けた。電車の揺れに、文字が揺れる。川崎駅を過ぎると急に視界が開け、差し込んでくる西日に車内が燃えるよう。もうすぐ、品川。このハガキは、駅のポストに投函しよう。拘置所の住所は暗記している。葛飾区小菅、郵便番号は２１４０００１。今夜は新聞社が取ってくれた愛宕山のホテルに泊まり、明日は、あの事件が起きた因縁の霞ケ関へ。法廷に立ったYが、傍聴席にいる私を見たらどうするかしら。強張る、笑う、目を臥せる、それとも、無視。

一九九五年。あの年がとりわけ寒かったと感じるのは、阪神淡路大震災の記憶が蘇るからか。事件が起きたのは大地震の余波が残る、三月二十日。

東京メトロ丸ノ内線、日比谷線、千代田線の車内において、きわめて毒性の高い化学物質「サリン」を撒くという「テロ事件」が勃発。犯行は宗教団体オウム真理教によるもので、首謀者は教祖の麻原彰晃。カルトによる無差別大量殺人事件として、この出来事は日本中を震撼させた。

乗客、駅員、十三人が死亡。サリンによる被害は広範囲に及び、負傷者数はおよそ六三〇〇人。と言ってもこの数は単に新聞報道の引用。六三〇〇人が誰で、どんな被害を受けたのか、私は、よく知らない。かつても、いまも。

犯行の当日、他の四人の実行犯よりも一袋多い、三袋のサリンを携(たずさ)えて現場に向かったＹは、上野駅から日比谷線に乗車し、秋葉原駅においてテロ計画を実行。後に行われた現場検証では、他の実行犯がサリンの袋を刺した回数は一、二回であったのに対し、Ｙはビニール傘の先で、サリンの袋を複数回刺していたことが判明。

この動かしがたい「事実」によって、Ｙはマスコミから「殺人マシン」と命名された。

事件から二日後の三月二十二日、警察は富士山麓にあった教団施設に強制捜査を敢行。施設内の隠し部屋に潜伏していた教祖・麻原彰晃が逮捕されたのは約二ケ月後の五月だった。

事件に関わった信者たちが次々と自供を始めるなか、Ｙは女性信者と逃亡し特別指名手配となる。行動に謎の多かったＹは、凶悪事件に関与したテロリストとして、実行犯のなかでもとりわけ危険人物として扱われた。

一年半の逃走の後、Ｙは一九九六年十二月三日に沖縄県石垣島で逮捕される。全面的に容疑を認めたＹの裁判の結審は他の信者より早く、同じ実行犯メンバーでは横山(よこやま)真人(まさと)に次いで二番目に死刑判決が確定した。

間接的にせよ、地下鉄サリン事件においてＹは事件最多、八人の人間を殺害している。早々に刑が確定するのは自明、と、「事実」だけを見れば誰もが思う。私も、そうだった。

主要メンバーが逮捕され、様々なテロ、誘拐、殺人、殺人未遂事件にオウム真理教が関与していたことが明らかになるにつれ、教団の実体は逆にぼやけていった。警察内部に内通者がいたことや、北朝鮮、ロシア、そして暴力団との関係など、日本のアンダーグラウンドが背後に見えてきた頃、事件の中心人物の一人、村井秀夫は衆目のなかで刺殺された。加害者の殺人動機は不明。教団の秘密を握る村井が消え、教祖・麻原彰晃は拘置所にて発狂。事件の核心は藪の中へ。

信者たちのもとには長期間にわたる執拗なマスコミ取材が続き、数限りないオウム関連本が出版され、「オウム・ウォッチャー」と呼ばれるコメンテーターたちが、真剣に、深刻に、熱烈に、オウム真理教についての議論を繰り返したけれど、どんなに教団を解剖し、調べても、結局のところ誰も、その実態を摑むことができなかった。

オウム真理教とは何だったのか？

十三人の信者に次々と死刑判決が下り、多くの謎を残したままに、オウム真理教事件は、カルトに洗脳された信者が起こした無差別テロとして処理され、消えていくかに見えた。

二〇一一年、東北が大震災に揺れた年の暮れ、再びオウム事件は社会に浮上する。逃亡していた元信者の平田信容疑者が丸の内署に出頭。その後も、教団の指名手配犯の逮捕が続き、十数年を経てオウム事件は新聞の一面に返り咲いたが、世間の反応は鈍かった。

オウム？　あの頭のおかしい人たちね。まだいたんだ。

再び始まったオウム裁判には裁判員制度、被害者参加制度が適用となり、裁判員制の是非を問う意味で、法廷は注目されることに。

すでに死刑が確定し、社会から忘れられていたYも、裁判の証人として、検察側から出廷を要請された。

Yは証言台に立つことを承諾。確定死刑囚が、証言者として法廷に現われる例は少なく、マスコミは死刑囚となった元オウム信者たちが、どんな発言をするのか、事件当時よりも冷静に関心を寄せるようになっていた。

傍聴記を依頼してきた新聞記者も、サリン事件当時はまだ中学生だったとか。

「羽鳥さんは、リアルタイムでオウムを知っている世代ですね」

あどけない顔で言われて「まあね」と鼻白んだ。おばさんには、つい昨日のことのように生々しい出来事だけれど、君には「歴史年表」の一項目なんだね、と。

私は、二〇〇八年にYの死刑が確定してから、東京拘置所に公認された外部交流者としてYとの交流を続けている。社会から見れば、かなり加害者寄りの人間。その私に記事を書かせようというのだから、世相はずいぶん変わった。九五年当時は、オウム真理教を擁護しただけで社会的制裁を受けたのだから。

## 2

地下鉄サリン事件が起きた一九九五年は、私にとっても最悪の年だった。

前年に群馬の実家の父が兄の頭をビール瓶で殴り怪我をさせた。興奮した兄は家のサッシ窓を台所の椅子で叩き割って応酬。警察が我が家の騒動に介入したのは五回目で、近所からの通報で駆けつけた警官が「家族の問題であっても次回は逮捕か措置入院ということになりますよ」と電話をしてきた。仕事先で周囲の目を気にしつつ、私は電話に何度も頭を下げた。

兄は、十年ほどひきこもりを続けており、家族のやっかい者だった。役所を定年退職した父とうまくいっておらず、小競り合いを繰り返していた。兄は精神を病んでいたが、父も母もそれを認めなかった。兄の家庭内暴力は年を追って悪化し、両親は兄を怖れるようになっていた。

「よう子、あいつは人間じゃない。化け物だよ」と、父が脅えた声で電話をかけてくる。

このままでは、どちらかが、相手を殺すかもしれない。不安になった私は兄を説得し、渋谷にある仕事場兼住居のマンションに呼び寄せた。

私は当時、三十五歳。フリーのコピーライターをしていたが、東京は、バブルが弾けた直後で不景気だった。広告の仕事は激減し、倒産や、夜逃げをするプロダクションも多く、あてにしていた報酬がさっぱり入ってこない。そこにもってきて、度重なる警察からの呼び出しと、ノイローゼになった母親の泣き言に辟易していた。家族の不祥事は他人と分かち合うことができず、苦しみは人に孤独を選ばせるもので、カメラマンの夫とは、別居していた。

「兄さん、いまのまま実家にいたら、どちらかが死ぬよ」

東京に出ておいでよ。そこよりはマシだから。説得に応じて兄がようやく上京したのは、九四年の年の瀬。ジングルベルが流れるハチ公前に立っていた兄は、らくだ色のジャンパーに両手を突っ込んで不安げに揺れていた。

何を考えているのか、兄は一日中、部屋にいて漫画本を読んでいる。

一月十七日、阪神淡路大震災が起こる。兄を置いて神戸に向かったのは、一緒に居たくなかっただけかもしれない。

震災から七日後に現地に入ると、三宮(さんのみや)の駅が傾き、長田(ながた)区は焼け野原。日本中からボランティアと物資が集まっていたが、指示を出す人間がいない。来てみたものの何をしていいのかわからず右往左往。炊き出し、支援物資の仕分け、目の前のことをこなすので精いっぱい。自分の食料も持たずふらっとやって来た私は、配給を恵んでもらう始末だった。

緊急時の高揚感で初めのうちは張りきっていたが、数日するとひどい粉塵に喉をやられ咳が止まらなくなった。インフルエンザも蔓延(まんえん)しており、寝込んでは逆に迷惑と逃げるように被災地を離れた。

阪急電車で大阪に着くと、あたりまえに人が行き交っていた。女の子は化粧をしていたし、サラリーマンは背広を着ていた。人と人がもまれ合う朝のホームで、何日も風呂に入っていない髪の臭いを恥ずかしく思った。

東京に戻ってすぐシャワーを浴びた。ドライヤーで髪を乾かし、パソコンのメールをチェックしてビールを飲んだ。あの場所に戻りたいとは思わなかったけれど、ひどく後ろめたくもあり、今も神戸という地名を聞くともやっとする。

私の留守中も、兄は、ずっと寝ていたふうで、「早かったな……」と万年床から起き出してきた兄の顔を見たら妙に、腹が立った。

「兄さんも、神戸に行ってみたらいいのよ。あの惨状を見れば、ひきこもりなんかやっていられなくなるから」

震災にまるで関心を示さない兄に、私は嫌味を言った。

兄は、そっぽを向いて頭を掻(か)きうすら笑った。何日も風呂に入らず、同じジャージをずっと着ている兄も被災者のようだった。

そのうちに、地下鉄サリン事件が起きた。

渋谷駅前で号外新聞を拾った兄は、まるで見てきたように断言した。

「こりゃあね、オウム真理教がやったんだよ」

わかったふうな口ぶりに、私はまたムッとした。

渋谷を歩いていると、兄はやたらと宗教の勧誘を受ける。モルモン教徒も、統一教会も、真光(まひかり)教も、幸福の科学も、私ではなく、兄の方に寄ってくる。兄は一方的にしゃべり出す相手の顔をじっと見ている。ぐずぐずと話を聞いている兄の腕を引っ張って「なんであんな人たちの話を聞くのよ」と怒ると、兄は彼らを庇(かば)うように言った。

「けっこうおもしろいんだぜ……」

あのね、兄さんは、自分のことをちゃんとやりなさいよ。働きもしないで、治療もしないで、ただぶらぶらしていてどうするの。だいたい、オウム真理教が犯人だなんて、ありえないわよ。変な格好で歌ったり踊ったりしている教団に、そんな大それたことができるものですか。

私が文句をひりだすと、兄は風穴が空いたような顔になり黙る。

テレビはひたすらオウム真理教の狂気をしゃべり続けていたけれど、私からは月世界ほどに遠かった。当時の私の頭を占めていたのはお金のことだ。お金がない、お金がない、お金がない。精神科病院に兄を入院させ、カウンセリングを受けさせたいが、お金がない。そこそこ貯金はあったのだが、お金のことが不安でたまらない。もっと景気が悪くなったら、どうやって食べていけばいいのかしら。

兄の顔は土色で、吹き出物だらけ。いつも下痢をしていた。長いひきこもりのあいだ、ロクなものを食べていなかったせいだろう。近所の中華屋でランチを食べたあと、部屋に戻るまでの短い距離が歩けず、電信柱につかまって、げえげえと食べたものを吐いてしまう兄を、私は離れて他人のように見ていた。兄の体が生きたまま腐っていくようで、近寄るのが怖かった。

「精神科の治療を受けてみたら」と何度も持ちかけたが、「医者には行きたくない」の一点張り。

「兄さんは頭がおかしいのよ」と言うと、

「おかしいのはオマエだ。金の心配しかしていない」と言い返す。

「当たり前じゃない。この日本でお金がなかったら水も飲めないわ」

税金も、年金も、健康保険料も払っていない兄。生活保護を受けるにしても医師の診断書が必要なのに、頑として譲らない。

ある日、兄はゴミ置き場のゴミを漁るカラスを見て言った。

「中学の時に、カラスの雛を山でつかまえて飼っていた友だちがいたよ」

「どうしてカラスを？」と私は聞いた。気味が悪いなと思った。

「知らない。そいつは、首を吊って死んでしまったからな」

散らばったゴミが朝日を浴びてギラギラしていた。

ぶらんぶらんと、木に吊り下がっている人の影が浮かび、なぜかその影が兄に見え、いやな気分になった。

あの人といると、こっちまで鬱になりそうなのよ。

友人たちと会って、飲んで憂さを晴らすうちに、飲み過ぎて蕁麻疹が出て動けなくなった。ストレスだと思った。別居中の夫を頼って川崎のマンションへ転がりこんだ。夫はすでに別の女性とつきあっていて、置いてはくれたが、迷惑そうだった。

湿疹が治まり、部屋に戻ってみると、兄が消えていた。

置き手紙すらなかった。

私は不安になると同時にほっとした。

同年の七月、兄は埼玉県の空きアパートの一室で遺体となって発見される。死亡診断書に書かれた死因は心不全だったが、実情は衰弱死。発見された時は死後二週間が経過。腐乱がひどく、遺体は兄の形を留めてはいなかった。

兄の死から五年後に、私は『死臭』という小説を発表する。

ひきこもりが社会現象として注目を集めていた二〇〇〇年、兄の孤独死を題材に描いたこの小説は時流に乗って十万部のベストセラーに。私は、死んだ兄のおかげで、作家としての人生を、歩き始めることになった。

## 3

映画監督のMさんとあるパーティーで出会ったことが、Yと交流するきっかけだった。

当時、Mさんは、オウム真理教をテーマにしたドキュメンタリー映画を制作。教団の信者の視点で、社会やマスコミを見るという、逆転発想で描かれた映画は発表と同時に話題となった。

オウム信者とも親しく交流をしていたMさんから「Yという元オウム信者が、羽鳥よう子のファンだと言うから会ってみないか?」と電話があった。

「その人は、どういう人なの？」

しどろもどろにMさんは言った。

「Yさんは、地下鉄サリン事件の実行犯で、マスコミからは殺人マシンなんて呼ばれているけど、実際はとても穏やかないい人だよ。あなたの本が好きだと言うから、羽鳥よう子とは知りあいだ、今度、会わせてあげるよ、って、つい自慢しちゃったんだよ」

一緒に面会に行くとMさんの顔が立つらしい。

兄の死後、私は正式に離婚し、大磯（おおいそ）の海辺に犬一匹と住んでいた。本が売れた印税で庭つきの一軒家を借りた。海の近くに住むのは、長年の夢だった。

流行作家としての生活は悪くなかった。でもまあ、二作目、三作目はあまりぱっとせず、作家としてどこまで食っていけるのか、貧乏性なので相変わらずお金の心配ばかりしていた。

二〇〇四年春、Mさんに連れられて初めてYに会いに行く。

私は、この日、和服で出かけた。当時は着物に凝（こ）っていて、どこに行くにも着物。海外出張だって着物で出かけたくらいだ。

綾瀬（あやせ）駅で待ち合わせをして、東京拘置所までMさんと二人で歩いた。MさんはTシャツに深緑のジャンパー、綿パンという軽装。駅前商店街を抜け、綾瀬川の橋を渡る。

そこから拘置所まで、高い灰色の塀が続く。近づくとかなり威圧感があった。

「まるで網走(あばしり)番外地みたい」

と呟いてから、でもその映画を観たことがないのだよな……と思った。

塀の上に大きなカラスが二羽。こちらを見下ろしていた。

「ずいぶんと高い塀だわね」

「ああ、いやな感じだろう?」

「こんなもの、どういう意味があるのかしら」

「さあ、国のやることはわからないね」

Mさんは塀を見上げて遠い目をする。

「死刑囚はね、二度と塀の外に出ることはないんだ。僕はここに来るたびに、せめて彼にこの草の一本でもいいから触れさせてあげたいと思うよ」

まあ、センチメンタルだこと。まるで女学生みたい。

私は着物の裾(すそ)をパサパサさせて、けっこう遠いなあ、タクシーに乗ったほうが良かったのに、と後悔した。

「Yさんは、きっと楽しみにしているよ。今日、羽鳥さんを連れて行くって連絡しておいたからね」

「こんなおばさんで、がっかりしないかしら」

「だいじょうぶだよ、その着物も喜ぶと思うよ」

Yは、Mさんを介して事前に絵ハガキをくれた。そのハガキには、工事現場によくある、作業服にヘルメット姿で頭を下げた男性のイラストが描かれていた。ヘルメットには「御招待・羽鳥よう子さまへ」とある。

〈お会いするのを大変楽しみにしています。Y〉

なんだろう、このノリ。ちょっと子供っぽくないかしら。

Yから届いた予想外の絵ハガキに私は面食らっていた。

初めての東京拘置所。ロビーのテレビ画面には韓流ドラマが流れていた。正面玄関左手の喫煙所にたむろするヤクザ風の男たち。「ここで背広姿の人はたいがい弁護士だ」と、Mさんが言う。手続き、持ち物検査。窓のない長い通路。エレベーターで六階に上がると、診療所の待合室のような空間に出る。防弾ガラス張りの詰め所にいる刑務官に面会票を見せると、「三番へ」とマイクで言われた。

三番の部屋に入る。狭い。四畳半くらいか。透明の仕切りで分かれていて郵便局の窓口みたい。Mさんと二人、並んで面会室に座っていると、真正面のドアが開いてYが入って来た。刑務官に冗談を言い、笑っている。顔色もいい。手配写真よりも男前だ。照れながら向き合って座る。

「お着物、すてきですね」

Yはまぶしそうに私を見た。

「ありがとう」

「それは、なんという布ですか？」

「紬（つむぎ）です。大島紬（おおしま）」

初対面なのでお互いに緊張したけれど、Mさんのサポートもあり話は弾んだ。Yは想像していたよりもずっと柔らかい印象。節度も礼儀もあり、声も穏やか。

「羽鳥さんの小説読みました。特にデビュー作の『死臭』には、共感するところがたくさんありました」

まあ、どこに共感してくれたのかしら。

「あれは、実際にあったことをもとにして書いたものだけれど、八十パーセントは想像よ。ただ、読者はみんな想像のほうを事実だと思うみたい」

「事実は小説より奇なり、なのですね」

そうそう、と、私は相づちを打った。

「このハガキの、イラストは……Yさんが描いたのですよね？」

「はい。絵はヘタなんですが、見よう見まねで描くんです」

「気に障（さわ）ったらごめんなさいね。私、これを見て、ずいぶん軽いノリの人だなって思ったんですよ」

「ああ、すいません。でもあんまり深刻な感じだとかえってご負担かなと思ったんです」

「この絵ハガキはどこのですか？」

「タイです。写っているのは『トゥクトゥク』という三輪タクシーです」

確かに、三輪タクシーの座席に観光客が乗っている。

「羽鳥さんをタクシーでお迎えのつもりで差し上げたんです」

その時、刑務官が「時間だ」と言った。

この日の面会時間は十四分で、あっという間にYは連れ去られてしまった。

「どうしてこんなに面会時間が短いの？」

面会室を出た私は、Mさんに文句を言った。オレに言われてもなあ、という顔でMさんはため息をついた。

「もっと短い時もあるよ。それに、面会は一日一回だけで、誰かが先に面会に来ていたら、もう二人目は面会できない」

「ええっ？　じゃあここまで来て無駄足ってこともあるの？」

「Yさんはまだ死刑が確定していないから誰とでも面会が可能だけれど、死刑が確定したら交流者が限定される。そうなると、拘置所に認められた者しか文通すらできないんだ」

「なんてケチなのかしら」

「でさ、Yさんのこと、どう思った、いい人だろう」

　Mさんがしきりに訊く。

「うーん。すごく感じのいい人だけど。まだよくわからないわ」

　トゥクトゥクの絵ハガキとYの笑顔がだぶった。

「よかったら、また面会に来てあげてよ。彼、喜ぶと思うから」

　私たちは同じ道を歩いて駅まで戻った。拘置所をぐるりと覆（おお）う高い塀と道路のわずかな隙間からタンポポが芽吹き、咲いていた。

「このタンポポを、彼に触らせてあげられたらなあ」

　と、Mさんはタンポポの花を見つめ、ため息をついた。私は内心、呆気に取られた。死刑囚と交流するとみんなロマンチストになっちゃうのかしら。

　確かに、Yは、感じのよい人だったけれど、疑り深い私は「人間はそう簡単にわかるものじゃない」と警戒もした。もし彼が善い人ならなぜ人を殺したの。人間は得体（えたい）が知れない。人はみな、内面に深い闇を抱えている。その闇が人を犯罪に駆り立てる。

「オウムの人たちは、善人が多いよ」

　というMさんの言葉も、「心に闇を抱えた人が多いよ」と自動的に変換されて聴こえてくる。

「きっと闇が深いから、宗教に走ったのね」

Mさんとは綾瀬駅で別れた。Mさんは、行きも帰りも深刻な顔で死刑について語り、深刻な顔で去って行った。それから私は駅前の喫茶店に入って、スパゲティナポリタンを注文した。やっと重たいムードから解放されてほっとした。せっかく東京に来たのだからこれから買い物でもしようか。そんな遊ぶ算段をして申し訳ないけれど、だからといって急に深刻にもなれなかった。

Yから、面会に対するお礼の手紙が来た。

返事を書くとさらに返事が来た。Yの手紙は面白かった。思いやりがあり、気が利いていた。

Yは私が暗い気分にならないように明るい話題を選び、時にはユーモラスなイラストを描き、死刑囚なのにむしろ私の心配ばかりし、「羽鳥さんの次の小説を楽しみにしています」と励ましてくれた。作品の感想はうれしかった。作家を喜ばすなら作品を褒めるべし。次第にYからの手紙を待ち遠しく思うようになった。

かつて私と兄が暮らしていた渋谷の事務所のすぐ近く、NHKの側にあるマンション「渋谷ホームズ」の一室が、当時のオウム真理教のアジトだったことを、Yから聞いた時は驚いた。目と鼻の先だ。Yは「渋谷ホームズ」から犯行現場に向かったと言う。

「あのマンションの近くに、羽鳥さんとお兄さんが住んでいたなんて、驚いたなあ」

一九九五年当時、私とオウム真理教を結ぶものはなに一つなかった。でも、Yが渋谷ホームズでサリン散布の準備をしていた頃、私はそこから歩いて十分もしないハイツ神山で兄と暮らしていたのか。Yが悶々と眠れぬ夜、私はセンター街を飲み歩いていたのか。神様の視点で見たら、私とYはどこか似ていて、もうあの頃からすでに私たちは繋がっていたのかもしれない。

しだいに、Yとの出会いが偶然ではなく、運命のように感じられてきた。あの、地下鉄サリン事件の、実行犯と、この私が知り合いになっている。あんなにも無関係に思えた大事件に自分が関わっている。これって、どういうことかしら。

日本では死刑が確定すると「死刑囚の心の安定のため」に交流者が制限される。

二〇〇八年、最高裁への控訴が棄却され、Yの死刑が確定した。この時点でYは確定死刑囚となり、外部交流者は、親族を除いて五人に制限された（東京拘置所側はタテマエとして制限してはいないと言うが）。

「私の死刑が確定しました。できれば今後も羽鳥さんと交流をしたいので、外部交流者の一人に、なっていただけませんでしょうか」

自宅の大磯から、拘置所のある小菅まで片道三時間はかかる。そう頻繁に面会には行けない。他に適任者がいるのではないか。

Yは「面会には、たまに来てくれればいいですから」と言う。

面会ができるのは平日の昼間だけ。となればまともな勤め人には難しい。独り者で犬と暮らしていた自由業の私は、さして考えもなしに交流者になることを承諾した。嫌々引き受けたのではなく、むしろ指名されたことが嬉しかったし、彼の助けになりたいと思った。

Mさんが最初に言った通り、Yは穏やかな人だった。裁判記録を読むと、犯行に加わった信者の多くがYに対してかなり好意的な発言をしており、死刑判決を下した判事まで、陳述においてYを慰めている。

《被告人を一個の人間としてみるかぎり、被告人の資質ないし人間性それ自体を取り立てて非難することはできない。およそ師を誤るほど不幸なことはなくこの意味にお

いて被告人もまた不幸かつ不運であった。……》

死刑が確定して、交流者が制限されたことで、Yからの手紙の数は増えた。やりとりはいっそう頻繁になった。今どきは恋人同士ですら、週一で手紙を送りあったりしないだろう。

『小さな恋のものがたり』（みつはしちかこ作）という漫画本を介して、私たちの間はより親密になった。

この作品は、私が小学生の頃に読んでいた懐かしい漫画。もうとっくに絶版になったと思っていたのに、三十年以上も刊行が続いていたことをYから知らされて驚いた。Yは手紙と一緒に未読の巻を送ってくれた。

チッチとサリー、二人の高校生カップルを中心に繰り広げられる恋と友情の物語。描かれているのはオウム事件と対極にある「ささやかな日常」だ。死刑囚のYが純愛漫画に安らぎを得ていると思うと、せつない気持ちになった。あの綾瀬川べりに咲いていたタンポポの花を摘んで「ほら」と見せてあげたい、温情が私の中にも芽生え始めていた。

『小さな恋のものがたり』をYに差し入れしているのは、オウム真理教の関係者。死刑確定当初、私以外の四人の交流者は元信者か現信者の女性だった。Yはオウム真理教を批判しながら、現実的には教団関係の仲間の世話にならざるをえない様子。私を交流者に選んだ理由が少しずつわかってきた。

他の交流者から差し入れられた漫画本が、Yを経由して私に送られてくる。手紙と一緒に新刊が届くとリビングのソファに寝転がって読んだ。でも、読み終わってから、ふと「これでいいのかな」と、疑問がわいた。

死刑囚とはいえ、八人もの人間を殺して『小さな恋のものがたり』の世界に浸っていていいの？　被害にあった人たちは、今だってそれどころじゃないのに。その死刑囚に漫画本を送ってもらい、読んでいる私はどうよ。

仕事場の備え付けの本棚には、いつしか『小さな恋のものがたり』が全巻揃った。狭い独房には置いておけないから、受けとってくださいとのこと。

これを、私が、貰ってしまっていいのかしら。

Yとの交流が深まれば深まるほど、このままではいけないのでは、という気がしてきた。交流していれば情が移るのはあたりまえ。でも、それでいいのかしら。このまま、犯罪者と仲良しになったら、被害者の感情はどうなる。作家として殺された人たちの無念とも向きあうべきなのでは。

被害者の手記を取り寄せて読んだ。そこに綴られたサリン事件被害者の無念の思い、怒りを、自分のなかに取り込んで中和させてしまおうという魂胆（こんたん）だった。怒りに満ちた言葉を読んでいると、しだいに怒りが湧いてくる。

あの人はなんてことをしでかしたのかしら。

やっぱり「誰がなんと言おうと悪いことは悪い」。そのことを忘れてはいけない。Yは、殺人という大罪を犯した。それは事実なのだから。

被害者の手記は、『小さな恋のものがたり』に並べて置かれた。

4

一九九四年、地下鉄サリン事件の前年六月に、教団は長野県松本市において自製の噴霧車を用いてサリンを散布。猛毒サリンを吸って八人が死亡した。この事件にはYも関与して（させられて）いる。

犯行ターゲットは長野地方裁判所松本支部だったが、結果的にサリンは官庁宿舎のある住宅街に撒かれ、一般人を巻き込むことになった。

松本サリン事件の第一報者は現場近くに住む会社員の河野義行（こうのよしゆき）さん。河野さんもサリンを吸って体調が悪化。異変を察知して素早く一一〇番に通報。ところが、事態は奇妙な展開を見せた。ご自身もサリンの被害者であるのに、河野さんは警察の初動捜査ミスで事件の重要参考人としてマークされることになる。

河野さん宅の物置に農薬があった、という、わずかな状況証拠をもとに、警察は執拗に河野さんへの取り調べを開始。マスコミは警察がリークした情報を事実のように報道。あたかも河野さんが犯人であるかのような誤ったニュースが全国に流れた。

教団に強制捜査が入り、松本サリン事件もオウム真理教の犯行であることが判明するまでの半年以上、河野さんは警察とマスコミの双方から犯罪者として扱われ、個人情報を公開されるなど、名誉棄損と誤報道を繰り返された。報道を信じた視聴者から厳しい誹謗中傷の手紙、ファックスが送られ、家の周りにはカメラやマイクを持った取材陣が群がる。

ご自身もサリンの被害者、奥様はサリンの後遺症で意識不明の状態。そんな惨状の最中で冤罪を受けた河野さんは、オウム教団、警察、マスコミ、世間、四方から攻撃を受けた特異な被害者だ。

河野義行さんは、オウム事件に対してどんな思いを抱いているのかしら。河野さんと会えば、被害者の気持ちがわかるかも。Yと交流を始めてから、事件の被害者の思いを知りたくなった私は、河野さんと交流があるという記者に連絡先を教えてもらい、まずはメールを送った。

「私は、いま地下鉄サリン事件の実行犯、死刑囚のYさんと交流しています。どんどん情が移ってしまうのですが、これでいいのだろうか、という迷いがあります。彼とどう向き合っていいのかわからなくなっています。よろしければ、河野さんのお話を聞かせていただけないでしょうか」

返事はすぐに来た。会ってくれるとのこと。興奮して、松本行きの電車に乗った。駅からタクシーに乗り、教えられた住所で降りると、河野さんは道路に出て私を待っていた。タクシーを見つけると頭の上で大きく両手を振り駆け寄って来る。古い友人を迎えるような笑顔で「いらっしゃい、すぐわかった?」と、荷物を持ってくれた。河野さんの後をついていく。事件のあった付近、松本市内の河野さん宅に通されて、暗い玄関に入り、最初に目についたのは、ダライ・ラマ十四世の写真だった。額に入ったダライ・ラマ法王は、じっとこちらを見下ろしていた。

なぜ、ダライ・ラマ法王の写真が。

河野さんは私の視線に気づいたけれど、何も言わなかった。

「さあ、あがってあがって。散らかっているけど」

河野さんの奥さんはいまだサリンの被害で意識不明の重体とのこと。ご自身も後遺症による体調不良が続いていると言う。神経を蝕(むしば)むサリンの被害は外見からは判別しにくい。一見、元気そうに見える河野さんが抱えている苦痛を想像するのは難しかった。

奥さんは入院中、子どもたちは独立し、家はがらんとしていた。河野さんも講演活動で留守にすることが多いらしく、家全体が見捨てられたような淋しさを訴えていた。

「もう、ほんとに何もなくてごめんなさいね」と、しきりに気づかってくれる。

「どうか、おかまいなく」

うろたえながら私はせわしない河野さんの姿を目で追った。

「いいものがあるの、これをぜひご馳走したいから」

釣りが趣味で、ホタルイカの季節になると網をもって糸魚川にすくいに行くのだという。

「これね、私が捕ったんですよ」

冷凍のホタルイカ。さっと解凍して、生で食べさせてくれた。生姜醤油で食べると甘くおいしくて、ついすすめられるままに日本酒も飲んだ。河野さんは車の運転があるからと飲まなかった。

「いっぱいあるから、いっぱい食べていいわよ」

初対面なのに、なんて気さくな人かしら。ホタルイカはおいしかった。

「元オウムの子たちはよく家に来るわよ、信者の人もたまに来るわ」

話を聞いて驚いた。河野さんは元オウム信者の青年たちの社会復帰の相談に乗り、就職の面倒を見たりもするという。

「謝罪に来てくれる信者もたくさんいるの。訪ねてくれた人たちとは話をして、親しくしているの。この家の庭の手入れも、彼らが時々来て勝手にしてくれるのでほんとうに助かってるわ」

「でも、河野さんはオウム真理教の起こした事件のせいでひどい目にあったわけでしょう。それなのに彼らを恨んでいないんですか？　怒りは感じないのですか？」

「ご存じの通り、わたしは、冤罪を着せられて警察の取り調べを受けたんですよ。あの時にね、警察やマスコミがどういうものか、イヤというほど見てしまったんです。わたしは状況証拠だけで、完全に、犯人扱いでした」

きっと怒っているはずなのにユーモラスなオネエ口調からはネガティブなものを感じない。

「妻も倒れて入院しているでしょ、わたしもサリンを吸ってひどい体調だった。そんな中にマスコミが殺到し、犯人と決めつけて袋だたき。再三、警察から呼び出され、家族まで事情聴取。警察も一度決めつけたことを撤回できなかったんでしょう。人間は自己保身に走ると恐ろしいものよ。じぶんたちの思い込みで脅しつけてくるの」

「オウムも、警察も一緒だ……と？」

「人間というのは、弱いものなのよ。組織に入れば組織に従ってしまう。何かを思い込めばそれを正義だと思う。そういうものなのよ」

「誰でも、間違いを犯すということですか？」

「そうよ。誰でも。間違いを犯すのが人間。あなたも、わたしも。ね？」

そうかもしれないが、事件の被害者がそれを笑って言えるものなのか。

「警察から出頭命令が来たときは、もしかしたら冤罪で捕まるかもしれないと思ったわ。だから、夜中に子どもたちを集めて、はっきりと言ったんです。これから、どんなことが起ろうとも、おまえたちの父親はなにもやっていない。だから大丈夫だ、落ち着いて、安心していろって。わたしはなにもしていない。必ず、真実がわかると確信していましたから」

警察の取り調べは、厳しかったという。

「無実が判明したとき、警察とマスコミから謝罪はあったんですか？」

「直接の謝罪はなかったわね」

「ひどいですね」

「みんな心では悪いと思っているのよ。でも組織になるといろいろ面子（メンツ）があるから。個人的に謝罪に来てくれる人はいたわ」

「でも、どうして、警察は河野さんを犯人だと思い込んだんでしょうか……」

素朴な疑問だった。河野さんは冗談めかして「そりゃあ、私が変人だからでしょう」とケラケラ笑った。

「え、変人なんですか。どういうところが?」

「私はね、七年以上同じ仕事はしないと決めているんです。七年以上続けるといろんなしがらみができて思うように動けなくなったり、惰性で働くようになったりする。だから、七年経ったらすぱっと仕事を辞めて、別のことを始めるの。きっと、私の経歴を調べて、なんだこいつ、転職ばかりして変な奴だな、って思ったんでしょうね」

「そんなの、めんどうくさくないですか?」

「七年間はほんとうに一生懸命に働きますよ。仕事を覚え、成果を上げて会社に貢献する。そして、七年たったら、まったく別のことにチャレンジ。そう決めたんです」

「なぜ、そんな生き方を?」

「まあ、これは個人的なことなんですけど、私は人生で三回、死にはぐれているんですよ。一回目は子どもの頃に、破傷風になってね。二回目はバイク事故です。そして、三回目が今回のサリン事件。そういう生死の境を経験してきますとね、人はなんのために生きているのかということを考えるわけですよ」

「人は、なんのために生きているんですか?」

「なんのためにっていうかねえ……、生きているっていうより、生かされているという感じかしら」

そのことと、七年ごとに仕事を変わることとは、どう関係があるのか。私はだんだん、河野さんに自分を試されているような、落ち着かない気持ちになってきた。

あなたはここになにをしに来たの。なにを求めて、なにを知りたくてここに来たの、そのことをあなた自身がちゃんとわかっているの？


「河野さんは、警察やマスコミに対してはどういう感情をもっているんですか？」

「警察にも、マスコミにも恨みも怒りも抱いていない」

「ほんとうに？」

「ええ。今回の事件で警察のお偉い方々とも繋がりが出来たので、警察とも仲良くしていますよ。いまは冤罪の問題を警察官に講演し、どのように冤罪事件をなくしていくかを講演で伝えています。みんな熱心に聞いてくれます。マスコミに対しても恨みなんかないです。頼まれればできる限りコメントをしています。冤罪を防ぐにはどうしたらいいか、実体験を通して話をしているんです。こういうことは二度と起きてもらいたくないですからね」

「そうは言っても、無実の罪を着せられたら悔しいし、怒りがわくのが人間じゃないでしょうか？」

「そりゃあ辛いですよ。だからって、ずっと怒ったり、恨んだりして生きるっていうの？」

「そうはしたくないです。でも、そうせざるをえないのが人間では？」

　ふっと、河野さんが真顔になった。この人の目、凄みがあった。

「わたしはね、恨むなんていう無駄なエネルギーを使って、自分の人生をつまらないものにしたくないの」

「無駄なエネルギー？」

「そうよ。いったい自分はなんのために生かされ、この人生を経験させられているのか、それを考えるのが生きるってことじゃないかしら」

「じゃあ、ほんとうに怒りも恨みもわかない？」

「わかない。でも、悲しいとは思う」

　どちらかといえば、あっけらかんとして、乾いた口調。しかもオネエ言葉。なぜ、河野さんは、オネエ言葉を話すのかしら。この言葉は、深刻なことを面白く、重要なことを軽く伝える。言葉がジェンダーに縛られていない。とても自由だから、この人はわざとオネエ言葉を使っているのかも。あけすけで、大らかで、虚飾がないから。

「すごいと思います。あんなひどい目にあったのに、どうして優しくなれるのかなって。私にはわからない。奥さまだって、いまだに重体なのに」

　奥さんの話をした時だけ、河野さんの口調が変わった。

「すみこさんは、事件の後ずっと意識不明になっていますけれど、ほんとうはちゃんとわかっているんです。すべてわかってる。そしてね、ありがとうって伝えてくれるんです。彼女は懸命に生きているし、ああして生きることで人を救っています。だってね、すみこさんを見舞ってくれた人は、みんな、すみこさんから元気をもらって帰るんですよ」

すみこさんとは、奥さんの名前なのだろう。声の響きから愛しみが伝わってきた。お互いを心から大切に思いあうご夫婦だったんだな。こんな大変な状況の人を前にしても、私は河野さんの夫婦愛を嫉ましく思い、そのせいでみじめな気分になっていた。離婚してから、仲の良い夫婦の話を聞くといつもこうだ。


いとまごいをし、玄関で靴を履くとき、またダライ・ラマ法王と目が合った。なぜ、神さまはあえてこの人を第一発見者に選び、冤罪を体験させたのか。それとも、彼自身がこの運命を引き寄せたのかしら。

「人生って、不思議ですね……」そう言うと、河野さんは笑った。

「だから、面白いのよ」

私を駅に送った河野さんは、これからすみこさんの病院に行くと言う。一緒にお見舞いに行きたいと思った。すみこさんに、お会いしてみたい。

でも、断わられたときのばつの悪さを思うと口に出せず、ぐずぐず迷っているうちに河野さんの車は去った。その後まもなく、すみこさんは亡くなり、私は、すみこさんに会う機会を永遠に失った。

河野さんと別れると、風景が遠のいて急にうしろめたくなった。

ホームに電車が入って来て、足元に風が起きた。無造作に開く扉も、乗車を促すアナウンスの声も、私を怒っているみたいだった。

5

「松本サリン事件の被害者の河野義行さんとお会いしました。河野さんはすばらしい方でした。脱会した元信者の方達と今でも交流をなさっています。人間は誰でも加害者になりうる、誰のことも恨んでいないとおっしゃっていました。冤罪を着せられた河野さんが、警察や報道関係者に対しても誠実に応対し、冤罪撲滅のために働いていることを知り、この方の人生観にとても感銘を受けました。仏のような大きな慈悲です。きっとYさんも、そういう生き方を目指して、教団に入ったのではないのですか。それなのに、どうして道を誤ってしまったのでしょう。あらためてその理由を知りたくなりました」

「わかりません。わたしがバカだったからとしか言いようがないです」

それがYの返事。あの時はどうしようもなかった。そういう心理状態だった。だから、なぜ事件を起こしたのかと質問されても、バカだったからとしか説明できない、と。

　そんな曖昧な答えでは到底納得できないので、またしばらくすると同じ質問をしてしまう。なにかしら彼が人を殺さざるを得なかった理由を語ってほしい。だって、人を殺すには特別な理由があるはず。それをYから直接に聞きたかった。

「Yさんは、ほんとうに教祖を信じていたの?」

「最初は信頼していましたが、だんだんとついていけなくなりました」

「いつ頃から?」

「ダーティワークをさせられるようになってからです。私は修行というのがそれほど好きではなく、あまり熱心な修行者ではなかったんです。修行を、教祖まかせにして、完全に依存してしまったことが悪かったかもしれません」

「どういうことかしら。修行が嫌いなら教団に入信する意味がないじゃないの」

「教団の修行は慈悲心を培(つちか)うことから、だんだんと神秘体験を得ることへと変わって行きました。修行を通して神秘体験を得ることには興味はありませんでした。そういう修行の方法にも疑問がありました」

「教団の方針が変わったということ?」

「そうです。今さら、こんなことを言っても、言い訳のように聞こえるかもしれませんが、人を救うためなら殺してもいい、などという教義は全く理解できませんでした。教義に対してはずっと反感をもっていました」

「じゃあ、なんのために教団に残ったの？　同じように反感をもって去った人もたくさんいたでしょう。どうして、最後まで教団にいたの？」

「それは、説明が難しいです。下向したら身に危険が及ぶ、それ以上に私の家族に危害を加えられることが怖かった。でも、それだけではないんです。もっとこう、言葉にできない複雑な思いがありました」

「Yさんは、教団を抜けていく人をほう助しているよね」

「はい……。車を用意して逃がしたこともありました」

「そのとき、自分は逃げようとは思わなかったの？」

「教団に居た当時は矛盾している自分に対してずっと言い訳をしていました。だからいま、その当時のことを思い出しても、言い訳にしかならなくなってしまうんです」

「Yさんが教祖に対して批判的だったという話は元信者の人たちから聞いている。でも、なぜ批判しながら、教祖の麻原に従ったのか、その矛盾しているところをもっと言葉にしないと」

　Yは、麻原の名前を口にしない。Aとイニシャルを使う。

「Aや、上司に対しては、いろいろ不満は感じていたし、それを言える仲間と話したりもしていました。松本サリン事件の前の頃、私とあと二人の信者が、Aから不満分子と呼ばれていました。もう一人、教団に不満をもっている仲間がいて、その四人はとても仲が良かったんです。四人のうち一人はAに脱会したいと直談判をして殺害されました。二人は黙って逃げました。一時期、二人には殺害指令が出ていましたが、幸い実行されませんでした」

「殺されるのが怖かったということ？」

「それもあるし、私はすでに他の犯罪にも加担していましたから」

「だけど、それはまだ許される範囲でしょう？」

「……私は、教団にいる仲間が好きだったんです。みんなのことを家族や恋人のように大事に思っていました。彼らのことを守りたいという気持ちはありました」

家族を守りたい、仲間も守りたい、自分の身の安全も……だから教団に残ったということなのかしら。

「羽鳥さんは身勝手な言い訳と思われるでしょうけれど、実行犯の中で逃走をしたのは、どちらかと言えば、信仰に疑問をもっていた者たちなんです。強い信仰をもっている信者は、自分たちが悪い事をしたという認識はないし、たぶん、来世で救われると確信をしていますから逃げたりしないのです」

「だったら、どうして事件の前に逃げなかったのよ！」

Ｙは、白髪の混じった頭を抱える。

「私がやらなかったら、他の人がやらされることになりますから……」

「それって、あまりにも人が良すぎるよ」

「事件の後に、私は教団の上司と一緒に白骨（しらほね）温泉に逃げたんです。それから、各地を転々として、六月頃からは部下たちと逃走し、その後に部下とも別れて心を許せる女性信者と二人きりの生活になったとき、やっと落ち着いて、正気に戻ってきたように思います。正気というのは、つまり、自分の間違いを認めて、自分がやってしまったことを背負う覚悟をする、というか、そういうことに考えを向けられるようになったという意味です。それまでは、落ち着いて考えることもできなかった。落ち着くために逃亡していたような気がします。これも被害者の方からすれば言い訳にしか聞こえないと思います」

　いまとなってはすべて言い訳でしかない、と、Ｙは繰り返す。私はそんなＹの態度に苛立つ。ちゃんと言葉にしなければ、なにもわからない。言い訳でもいい。いくらでも言い訳してくれないと私が納得できない。

「繰り返しになるけれど、なぜ教団に疑問を感じながら、みんなよりも一袋多くサリンをもっていたの？」

「それも、いまさら、こんなことを言ってもどうしようもないのですが、羽鳥さんが知りたいというのならお話しします。あの事件の前夜、実行犯メンバーは教団施設の第七サティアンに呼ばれました。全員が集まると、サリンの入った袋を配られました。メンバーは五人で、サリンの袋は十一個ありました。土屋正実（つちやまさみ）が割り切れない数を作ってしまったからです。一人二つずつ持つと、一個余ってしまいます。僕らはさほど大きくない部屋の床に車座になっていました。私の対面（といめん）にいたのが上司の村井秀夫です。移動しなくても十分に声が届く狭い場所であったのに、村井は、余ったサリンの袋をもって、私の前まで歩いて来ました。そして、私の目を見て、これを頼むな、と言ったのです。余分の一個は私が持つと決まっていたようなもので、それを断れる状況ではなかったんです」

「なぜ村井は、わざわざあなたを指名して一つ多くの袋を？」

「村井は、Aと賭けをしていたので、私に持たせることでAを勝たせたかったのかもしれません」

「賭けですって？　あなたの言うことは、わけがわからない」

「……だろうと、思います」

「事件の日、地下鉄に乗らずに逃げてしまうこともできたのに、どうして逃げてくれなかったの！」

「ですからこれも、言い訳でしかないのであまり話したくはないのですが、あの時は逃げることは考えられなかったんです。逃げても必ずつかまるだろうし、つかまったら殺される。脱会しようとしてリンチを受け、黒焦げになった仲間を見ていたし、もし私が逃げたことで家族に危害が加えられたら……。冷静に考えれば、なにか別の道があったのかもしれません。でも、あの時点ではなにも思いつかなかった。だから、バカだったんです」

「でもね、サリンを撒けば人が死ぬことはわかっていたでしょう？　教義に疑問を持ちながら、あなたの行動は矛盾している」

「信じてもらえないと思いますが、あの時点では教団がサリンを製造できる状態にあるとは思っていませんでした。一月の段階で警察の一斉捜査を逃れるためにサリンのプラントを解体していたからです。それまでも失敗をしているし、にわか造りのプラントで製造など無理。どうせまた失敗するだろう、失敗するに決まっている、そう考えていました」

「そんな、都合のいい」

「そうだと思います。あの頃はいつも、そうやって自分に言い訳ばかりして現実から逃げていたんです。弁解のしようもないし、弁解をするつもりもありません」

「逃げないで弁解して。あなたはいつもそんな風だから、死刑判決になっちゃったのよ」

時間だ、と刑務官に言われて、Yは立ち上がった。深々と頭を下げて「遠いところをありがとうございました」と言った。消えて行くYを見送って、一人になると、面会室が真空のように静かで怖くなった。

ああ、なんであんなにひどいことを言ったんだろう。バカ。

購買所でYの好物をたくさん買って差し入れた。本当はあまり差し入れすると食べ過ぎて太るのでよくないのだけれど、他にしてやれることがないのでついお菓子を多めに買ってしまう。

数日して、Yから手紙が届いた。

「羽鳥さん、現在の私の人生は、死刑囚として独房で生活し、日々贖罪のために刑の執行を待っている、というものです。もちろん、刑の執行のみが贖罪なのではなくて、すべての日々の生活が贖罪となるものです。

だけど、私のこの生活がほんとうに贖罪となるものなのか私にはわかりません。私は罪について、事件について、反省について、自分の思いをうまく説明することができません。

ほんとうは、格好をつけて、いつでも死を受け入れる覚悟がありますと言いたいところですが、覚悟なんかありません。ただ、死刑になるときは、執行のボタンは自分で押したいです。あるいは足元の扉は開けておいてもらって自分からそこに飛び込みたいです。ロープも自分で首にかけさせてもらいたいです。刑務官の人に、人を殺すという負担をかけたくないんです。もう誰にもなんの負担もかけたくない。誰にも苦しみを与えたくない。そう思います」

「Yさん、ごめんなさい。あなたが向き合ってきた過去も、向き合っている現在も、私にはちっともわからないの。この日本で、自分の生死を他人に決められているのはYさんのような死刑囚だけですよね。それがどんな苦しみを伴うのか実感していないから、あんなひどいことを言ってしまうんです。自由に人と会うことも触れ合うこともできないのだから、すべての生活は贖罪でしょう。だけど私は、その運命を受け入れて、静かに執行を待っていてほしいとは、どうしても思えないの。そのためにあなたの心に触れないように、当たり障(さわ)りのないつきあいをしていく、そういう気持ちになれない。わたしはあなたのことがもっと知りたい。あなたに起きたことが知りたい。これは私の身勝手。よくわかっています。でも、あなたとしゃべっているとなんだか苛々(いらいら)してしまうの。なぜなのか、自分でもよくわかりません。きっと私のほうが変なんだと思います。いつも支離滅裂(しりめつれつ)でごめんなさい。また、面会に行きます」

## 6

「羽鳥さん、こんにちは。昨日から拘置所で桃の販売が始まりました。買えるのは死刑囚のみです。缶詰ではない生の桃に触れるのは十数年ぶりでしょうか。昨日は二個買いました。二個で五八〇円。けっこう高いです。

私のすぐ近所に、若い中国人の確定死刑囚がいるんです。私より先に確定した人なので、そろそろ危ないのではないかと心配です。彼は日本に支援してくれる人がいないのでしょう。お金に困っているようで、一日中袋貼りの作業をしています。一日で三百円〜五百円くらいになるのかな。彼の名前や、犯した罪のことは知らないのですが、死刑になるのだから複数の人を殺したのだと思います。

先日、雑誌に掲載された林郁夫(はやしいくお)の手記を読みました。殺人者は、人からは反省しろ、と言われることが多いのですが、反省とは、どういうことなのかと考え出すと、わからなくなります。ただ、法廷で林郁夫が見せたような、ああいう反省の仕方はしないという意味で、私にとっては一つの指針になりました」

ぼんやりと沼が見えた。青緑の藻(も)に覆われた水面には映る影もなく、ただ、開いた口のような沼。ふとした折りに、その沼は、Yの手紙の上にぬっと現われ消えていき、そういうとき、この手紙は確かに、東京拘置所の独居房と繋がっているのだな、と思う。

言葉づかいには慎重で謙虚なYが、やや非難めいた手紙をよこしたことが意外で、私は、林郁夫という人に興味を持った。

この湿った沼の匂いには覚えがあるけれど、どんな感情の匂いだったかしら。

構内アナウンスが番号を呼んでいる。

面会票を確認して、持ち物検査場に向う。いつ来ても、拘置所の風景は同じ。時が止まっているみたい。窓のない長い通路を歩き、エレベーターで六階へ。音もなく、色もない、暝い夢のなかのような場所。

面会室に入って来たYに「先日の手紙にあった林郁夫の謝罪についてもっと話を聞きたいのだけれど」と言うと、腕組みをしたYは、うーんと唸った。

「ああいう反省の仕方をしないって、どういうこと?」

「つまりその、なぜあれが真摯な『反省』の態度だと裁判官をはじめ、マスコミや世間が思うのかが、よくわからないのです」

「わからないというのは?」

ため息を吐くYの様子が、この話題を避けたいことを示していた。

「ですから、こんなことを言ったら、またきっと、被害者の方の心情を逆なでしてしまうだろうし、非難を浴びるだろうことはわかっているのです」

「誰にも言わないわよ。ここには私しかいないし」

しつこく詰め寄ると、Yはか細い声で言った。

「私は、あの人が反省していないのを知っています……」

「つまり、林郁夫が法廷で、号泣しながら謝罪をしたのは演技だと？」

しばらく沈黙してから「けして彼の悪口を言いたいわけではないです。彼を非難しているわけでもないのです。ほんとうに、どうかそれだけはわかってください」と頭を下げたまま、あとは独り言のような口調になった。

「裁判の記録を読んでいて、彼の証言を知りました。どこが、ということは言えません。でも、私が知っている事実とは……、違いました。だから彼は無自覚に、あんな過剰な『反省の態度』を、とらざるをえなかったのかもしれません」


慶應大学医学部出身の元医師・林郁夫は、地下鉄サリン事件の他に、複数の事件に関わっていた。教団内の儀式で信者に薬物を投与したり、点滴で記憶を消したり、信者の指紋を削るなど、異常な犯行を重ねてきた。彼が投与した幻覚物質の後遺症で、いまだに社会復帰できない元信者も多いし、ニューナルコという宗教儀式では、多くの信者を断片的な記憶喪失にさせている。

地下鉄サリン事件の実行犯は五人、そのうち四人に死刑が確定したが、林郁夫だけが、無期懲役となった。

まるで類語のように、死刑と無期懲役は並び語られることが多いけれど、二つは別の次元にある言葉で、その越えがたい差は、たぶん当事者にしかわからない。

「林郁夫って、どんな性格の人だった？」

「個人的に話す機会は、あまりなかったので人柄はわかりません」

「そうなの？　長く一緒の教団にいたのに……」

「とても真面目な人という印象です。修行にもよく取り組んでいたし、ご家族で出家なさっていました。奥さんも優しい良い方でした」

「Yさんとは、親しくなかったのね？」

「私はどちらかというと、不真面目で、異分子でしたから」

7

オウム裁判の傍聴を続けている佐木隆三(さきりゅうぞう)氏の著書『慟哭(どうこく)』と、文藝春秋誌に掲載された林郁夫の「手記」を合わせて読んだのは、彼の人となりを知りたかったから。

読み終えると林郁夫の懺悔が胃にもたれて重かった。言葉が、ちっとも消化されていかない。

オウム信者たちはマスコミからさんざん、洗脳されているとか、マインドコントロールを受けているとか言われてきたけれど、この人は、オウムに入信する前も、入信後も、根本的なものの考え方が変わっていない。そう思えた。

《……オウム真理教は真理を守る唯一の教団として、より高い世界へ衆生を導くことができると、私は信じていました。……》

《私自身が麻原彰晃を、真理勝者などではないと、教義の間違いに気づきました。……》

《地下鉄サリンの『ポア』がなければ、人々の悲しみも怒りも生まれなかったのです。むしろ精神世界を低いほうへ向けたのであって、教義は成り立ちません。……》

《麻原や教団は宗教を利用して欲望を満たそうとしている。そのことで宗教全体が、世間から不信の目で見られる。それを少しでもやわらげねばならないと思い、取調室で供述することにしたのです。》（佐木隆三『慟哭　小説・林郁夫裁判』、以下引用すべて）

証言記録を読むと、彼は「間違った教義を信じて殺人を犯してしまった」ことを反省しているのだなとわかる。悪いのは教祖、教義。その間違った教義を信じてしまったがために、殺人という大罪を犯した自分を悔やみ、慟哭している。

法廷で、裁判長が林郁夫に問いかける場面がある。

「あなた自身も、変わらないといけないのでは？」

これに対して、林郁夫はとても奇妙な返答をしていた。

《私自身も甘い部分があって……（嗚咽する）。自分としては……。

……こんなふうに泣くようになったのは、自分なりに考えてみると、心を浄化するプロセスかもしれない。あなたは経験していないから、わからないだろうけど。……》

さらに、弁護人による冒頭陳述には、さすが弁護士、と思う明解さで林の人となりが表現されていた。

《……幼少期から読書を好み、中学生のころは人類の種としての進化、無常観や幸福観などについて、一人で思いをめぐらせるようになった。……》

《……高校生のころは、宇宙論や幸福論などに関心を抱き、現代社会のさまざまな問題など、世の中のすべてを包括的、統合的に説明できるような法則を追求し、それを

体得して世界に広めたいと願うようになった。……》
《……医師になり、外科の臨床医の道を歩みはじめたが、多くの患者の死に接することで、医学の限界のようなものを感じ、死に臨む人の肉体をケアするだけではなく、従容として死を迎え入れて、穏やかに人生を終えてもらうために、何をすればよいのかを考えた。人の生死を分けるものは何か、死んでいく者のその後はどうなるのかなど、現代科学が避けている問題を解決するための統一的な法則を追求したいと、人生のテーマをあらためて強く意識するようになった。……》
《……釈迦のルーツを求めて本を読み、解脱した智恵が、自身のすべてを包括する法則をもたらすものと感じた。……》
《……解脱こそが、問題解決の方法、手段であると気づいた被告人は、解脱したい、納得したい、皆にわかりやすく説いて回りたいと思うようになった。》

一九九五年、林郁夫は石川県穴水町の潜伏先別荘から金沢に逃走中、職務質問を受け逮捕された。警察の取り調べに対して最初は協力的でなかったが、逮捕から一ケ月後の取り調べ中に突然「私がサリンを撒きました」と自供を開始。

報道では、林郁夫が法廷で泣きながら良心の呵責を訴え、謝罪し、被害者の遺族の心を動かしたように伝えられていたけれど、これは事実かしら。

検察側は、地下鉄サリン事件のほか、教団が関与した事件はすべて、カルト教団の教祖である麻原彰晃が、信者を洗脳して起したテロ行為、というシナリオを作っていた。複数の事件に関わっていた林郁夫が、法廷で検察側の意図を汲んだ証言をすることは、その後の裁判への影響を考えても、情状酌量の余地ありの行為。

オウム裁判の争点は「犯行は誰の指示か？」ということ。本来オウム真理教は、教祖と弟子の一対一の関係が修行の前提。それぞれが教祖の指示で動く。ところが組織としては、教祖↓幹部↓信者のトップダウン型。仮に幹部の独断があったとしても下層の信者には誰の指示かわからない。信者が増えれば増えるほど指示系統はバラバラとなり、事件当時は集団としての統制が取れていなかった、とYは言う。

「どこからか降りてきた指示に従い行動するのが教団内では日常でしたし、指示を与えられたら、理由や目的などは質問せず、黙って従うことがあたりまえでした。誰の指示かなんて、聞いてもムダなんです。聞けば、Aの指示だと言われるでしょうから」

「犯行は誰の指示だったか？」と聞かれたときに「麻原の指示だ」と答えるか、「わからない」と答えるかは、証言者によって違う。これがオウム事件のひとつの特徴。

検察が求めているのは「麻原によって洗脳されたカルト信者が犯行に及んだ」というシナリオなので、「麻原の指示だった」とはっきり答えたほうが検察の受けはいいはず。

林郁夫は、事件直後の早い時期に自白し、検察の描いていた筋書きを強烈に裏付ける証言をした。言わば、反省によって事件をわかりやすく解明した。だから地下鉄サリン実行犯のなかで、一人だけ無期懲役になったのかも。

## 8

友人に誘われて板橋興宗(いたばしこうしゅう)禅師と初めてお会いしたのは二〇〇四年の冬だった。

聞けば禅師は、曹洞宗(そうとう)總持寺(そうじじ)の貫首(かんじゅ)を辞して福井県の武生(たけふ)の荒寺に下られたとのこと。總持寺貫首と言えば、永平寺(えいへいじ)貫首と並ぶ曹洞宗の頂点。存命中に貫首を降りる方はほとんどいないという名誉職を辞して、年若い雲水(うんすい)たちと共に清貧の生活をしている板橋禅師の生き方に興味をもった。

会えば冗談ばかりおっしゃる愉快な方で、勧めてくれる出版社があり、対談本を出す運びとなった。当時、私は仏教にも坐禅にもまるで知識がなく、ただもう世間話をするような軽い気持ちでお受けした。

六十年も坐禅を続ければ人とは違う境地に至るかもしれない。修行で悟りを得たのかお聞きしてみたい。思えば大変に失礼なことだが、無邪気につるんとしたむき卵のようなお顔を見つめていた。

どういう成り行きだったか、話がオウム真理教のことになった。オウムの事件に関して、禅師はさしたる見識をお持ちではない、というか、ほとんど関心を寄せてはいないふうに感じられ、内心がっかりした。悟ったお方と聞いたけれど、仏教者としてあんな大事件を真面目に考える気はないのかしら、と。

「地下鉄サリン事件の実行犯で、死刑囚の方と交流をしているのです」

そう言っても「ほう」と、気のないお返事。

「じつは、いま『反省』ということを考えているのです」

「反省……ね」

「禅師は反省とはどういうことだとお考えですか？」

「反省とは……」

「反省とは？」

するとと禅師はあっさりと答えた。

「事件のことを、忘れてしまうことでしょうな」

「忘れることが、なぜ反省なのでしょうか、わかりません」

「なぜと言われても、反省とはそういうことなんです」

もう少し詳しく説明してください、と言っても、説明もなにも、もし人間が反省することができるとしたら、それは、事件を忘れてしまうことだ、と繰り返すばかり。

「でも禅師、そんなことを言ったら、世間が許しませんよ」

禅師はねめるように私を見た。

「許さないのは、世間ではなく、あなたでしょう?」

白い布を、大きな裁ちばさみがすーっと切り裂いていった心地がした。

「そうかも、しれません」

福井から京都へ向う帰りの車窓はまだらな雪景色。

山また山が続き、電車がトンネルに入る度に暗い窓に自分の顔が映る。これが世間の顔か、と思う。Y、林郁夫……、いろいろな顔が浮かんでは、あの沼の底に消えて行った。

「先日、高名な禅僧の方とお会いしました。その方に反省とはなんでしょうか、とお尋ねしたところ、反省とは、事件を忘れてしまうことだとおっしゃったのでびっくりしました。Yさんは、どう思いますか?」

「その禅師さまに、お会いしてみたかった」

Yの返事はそれだけ。便箋の青い文字を見ているうちに、いてもたってもいられなくなり、東海道線に乗って東京拘置所に向かっていた。

この日は入浴があったそうで、現われたYはずいぶんこざっぱりとした様子。

「湯上がりにビールを差し入れしてあげたいわ」

と言ってから、そうか、Yはもう死ぬまでビールは飲めないんだ、と思った。

「板橋禅師に、事件のことを忘れるなんて世間が許しませんよ、と申し上げたら、許さないのはあなたでしょう、とやられました」

Yは笑った。

「手厳しいですね」

「もう、ぐさっときちゃいました」

「そんなふうにおっしゃる方がいるとは思いもしませんでしたから、ほっとしました」

「ほっとした……とは?」

「そのことに理解を示す人は、いないと思っていたから」

「板橋禅師は、理解してくれていると感じたんだ?」

「そうですね……。反省しろと言われたことしかありませんから」

「たいがいはそう言うでしょうね」

「……わかるような反省ではダメなんです。それでは反省とはいえないというか。反省しようとするのは反省していないことなのです」

「Yさんは、事件を、忘れてしまいたいと思うことはある？」

「いえ。そういうことではないのです。事件を忘れるなど、決してできないと思います。人を殺して死刑になっているわけですから」

「まるで、禅の公案ね。ひどい言い方かもしれないけど、私は、Yさんにずっと社会と繋がっていてほしいの。だから、みんなにわかるような反省も、してほしいと思う」

Yは、叱られた犬のような顔をした。

「なぜ、事件を忘れることが反省になるのか、私にはわからない」

じっと見つめると、Yもこちらを照らし返すように見ている。

「私も、考えてみます」

9

「羽鳥よう子さま。先日の『反省』について、少し付け加えておきます。私は『反省すること』をしない、ということの大切さを、林郁夫を見て学んだのだと思います。『反省する』という態度を自覚的にとる人を見て、違和感を覚えたのです。それを『すること』は『罪』と闘っているように思えたのです。私は自分が犯した『罪』と闘いたくはなかった。このことをわかっていただけるでしょうか」

どういう意味かしら。

手紙を読んで頭を抱えた。「反省」と「反省すること」はYにとってどんな違いがあるんだろう。

動詞になると、「行為」となり具体的なイメージが伴う。「反省すること」は、反省する側よりも、反省を促す側によって規範を設定されている。

そういえば、昨今は「土下座」をテーマにした映画まで登場している。反省は日本の伝統的な文化で、反省の態度をきっちりと示すことは、相手と和解するための方便。ずいぶん昔「反省！」と叫ぶと、頭を下げて片手を物に置いてうなだれる猿がいた。あの猿が私たち日本人の反省のイメージだとするなら、反省はかなり自虐的だ。

Yは、それをしたくないのか。反省というパフォーマンスはできない、そういうことかしら。

林郁夫は「反省することで自分の罪と闘っている」と、Yは感じているのか。確かに、全面的に罪を受け入れた者は、沈黙するかもしれない。

Yさん、あなたが生き残るためには検察側や世間の要望に応えて大反省をすることも必要ではないかしら。現に林郁夫は「大反省をした人」として社会的に認知され、現実に無期懲役を手に入れているのだから。

手紙の返事を書きながら、私はだんだん、Yの生真面目さに腹が立ってきた。判事のウケが良かったのだから、あなたも検察側に協力してすべて麻原の指示でやったと言い、大泣きしながら大反省をしたら、死刑にならずにすんだかもしれないのに。世間がそれで納得するなら、やってあげればいいじゃない、それで、死ななくてすむなら、いくらでも、土下座すればいい。号泣して、わかりやすく謝罪をすれば良かったんです。今どきみんなそうします。政治家だって、企業だって、頭を下げて許してもらうんです。謝罪コンサルタントだっているくらいなんだから、カッコつけずに、なんだってやればいいんです。

勢いでそう書いてから、ぐちゃぐちゃと丸めてゴミ箱に捨てた。

「違う！」

畳の上にひっくり返って髪をかきむしった。違う、違う、違う。

飼い主を心配したのか犬のプーがやって来てほっぺたをぺろぺろ舐める。マルチーズの柔らかな毛に触れているうちに、生温かいぬくもりがいとおしくてぎゅうっと抱きしめた。プーは嬉しがって綿菓子のようなしっぽを振っている。

離婚して一人になって、すぐに、プーを飼った。淋しかったというのもある。バブル景気が終わって仕事がうまくいかなくなった頃、夫の態度のすべてが気に入らなくなった。兄のことで悩んでいる私に、夫はまるで無関心だった。インドに撮影旅行に行きたいなんて言い出して、身勝手もいいとこ。もっと親身になってほしかったのに。そうよ、兄のお通夜のときだって、気まずそうに煙草ばかり吸って、隠れて新しいお相手に電話ばかりしていた。そんな男とくだらないケンカを繰り返すくらいなら、一人のほうがなんぼか気楽だと思って別居を続けた。

小説が、売れたとき、夫からお祝いが届いた。万年筆だった。「ようやく夢がかなったね、おめでとう」とカードが添えられていた。

別に、作家になるのが夢だったわけじゃないわよ。作家なんて、なりたくてなれる職業じゃないし。

こういう凡庸さが腹立たしくて、こいつは私のことをぜんぜんわかっていない、とカードを破った。こんなことを言ってほしいわけじゃないんだ。ほんとうに、大変だったんだよ、バカ。

勢いで離婚届を送りつけると、「君がそう望むなら」と、あっさり受理された。

夫は再婚して、今は子どもが二人いる。憧れのインドにも行かず、ささやかな夢を叶えた夫に、私はまだお祝いを言えないでいる。

もし、Yが私の夫だったら、私はあの生真面目さを、好きだろうか、嫌いだろうか。「反省」を意識的にするような、そういう土下座タイプの男は苦手だ。ほんとうに事件を忘れてしまうような能天気な男もイヤだ。

でも、Yは不器用すぎる。

10

出会った頃は、Yの周りを犬みたいに掘り散らかしていた。なにかないか、なにかないか。猟奇的な部分、サイコパスな要素、隠していることがきっとあるんじゃないか。クンクンクンクン。

そのうちに、自分がなにを探しているのかがわからなくなり、次第に落ち着いてきた。Yとの交流が五年目に入った頃には、幼なじみのような付き合いになってきた。子どもの頃近所に住んでいた部活の先輩が遠い外国にいて、手紙をやり取りしているような感じ。

プーが迷子になって捜索願を出したとか、夏風邪をひいて寝込んだとか、仕事で海外に行って英語ができない自分がみじめ、そういう、日々の出来事を愚痴っぽく綴(つづ)る。Yはいつもていねいな慰めの返事をくれた。

Yの犯行の動機を知りたいという興味は、あるにはあったけれど、根掘り葉掘り事件を詮索するのにも疲れてきたし、質問しても私が期待するような返事は得られない。すでに死刑が確定しているYを苦しめながら、いまさら地下鉄サリン事件を蒸し返す自分に嫌気がさした。

Yの文面からも事件に関する話題は減っていった。拘置所での日々。やや自虐的な死刑囚ネタ、たとえば「中国における死刑は公開でテレビ中継をするんですよ、すごいですね」というようなことを、新聞や雑誌から集めては面白可笑しく解説してくれる。

大磯海岸の防風林に面した仕事場で、「ね、これ、本当に面白いわ」と、プーに読んで聞かせる。

「羽鳥さん、殺人的な暑さですね。殺人者の自分が言うのもおこがましいですが……だって」

(笑)を、Yはいつも(微笑)と書く。会っているときも、会わないときも、Yは静かに微笑しているようになった。

朝なのか、夜なのか、風の音か、なにかの気配か。

よくわからないまま目覚めて、寝室のサッシの窓を開けると、Yが立っていた。黒いTシャツにジーンズ、足は裸足で、寒そうに両腕を抱えている。なにしているの、早く入って、と部屋のなかに招き入れて、すっと窓とカーテンを閉めた。

Yは申し訳なさそうにしていた。何も言わずに、家の奥の、兄の仏壇のある部屋にYをかくまいぴしゃりと襖を閉めた。襖の向こうのYの気配を感じながら、これからどうしたらいいか、その気配の重さにとまどう。

電話が目の前にある。昔、実家にあった黒い電話が鈍く光っているが警察に通報する気にはなれず押し入れに隠し、いつでも使えるようにと、線は抜かずにおいた。

それから幾日か、襖を開け、Yに食事を運んだ。Yは手を合わせて出されたものを食べ、特に不平を言うわけでもなく、微笑していた。あまりにも穏やかに襖の向こうに暮らしているので、警察に出頭しろとも言い出せずに、もしかしたらこのままずっと、こうやって、うちで暮らしていくのかしらと思ったりした。

そのうち、妙な風が屋根の上を吹き始め、外がざわついてきた。警察がYの居所を突き止め、強制捜査が入るらしく、家の外を見知らぬ男たちが取り囲んでいる。犬がわんわん吼えている。銃を持った警官が垣根を越えて庭に侵入してくるのを見た私は、Yに向かって、逃げなさい、と言う。裏庭から逃げなさい。Yは、ぐずぐずしている。早く逃げて。そう言って、警官を攪乱するために玄関に出て行き、外の男たちを前に啖呵を切った。あなた方は警官なのに家宅不法侵入をしてもいいの、私は作家なのよ、訴えるわよ。踏ん張っていたがすぐ突き倒され、警官たちは土足で上がってきた。前に後ろに黒い影が家の中を幽霊のように行き交った。

　裏の方で銃声が響く。影がバラバラと裏庭に走って行く。私も後を追う。きっとYが撃たれたのだ、と思った瞬間から、時間が急にゆっくりになって、走ろうにも足がもつれて走れない。裏庭のはずの場所が、だだっ広い砂浜になって海から波が寄せている。どたんどたんと、鈍い波音が響く。

　灰色の靄（もや）の中を担架（たんか）に乗せられたYが運ばれていく。Yは、幾重にも縄で縛りつけられ両手を胸に重ねている。見下ろすと、薄目を開き、こちらを見た。ああ、もう終わりだ。

　いつのまにか、Yの顔が、死んだ兄の顔にだぶり、二本の木の間に吊るされて、ぶらんぶらんと揺れていた。

　一度きりだ。夢にYが現われたのは。

　目が覚めて布団の上に体を起こすと、襖の向こうに暗い沼があるような湿っぽさが、伝わってきた。

## 11

二〇一一年、大晦日（おおみそか）。

事件から十七年を経て、オウム事件は新たな局面を迎えた。逃走していた平田信が自首したのだ。震災による津波、福島第一原発事故。あまりの不条理を目の当たりにしたことで逃亡生活に疑問を持ったという平田。

かつてYに「阪神淡路大震災と地下鉄サリン事件は関係があると思うか？」と質問したとき、「あの地震がなければ事件は起きなかったと思います」と言った。東日本大震災も、抑え込まれていた人間の衝動を突き動かしたのか。

一三年の春、Yから「これは、あくまで予測ですが、もしかしたら平田さんの裁判の証言に立つことになるかもしれません」という手紙が来た。Yは事件の当事者。しかも平田信とは教団内で一番の親友。裁判が始まれば、Yが証言台に立つことは間違いない。

私とYの間で、また頻繁に事件の話が交わされるようになった。

いよいよ年内には平田信の裁判が始まるとわかった、一三年の五月、私は九州の門司に、作家の佐木隆三氏を訪ねた。

佐木先生は、過去のほとんどのオウム裁判を傍聴しており、オウム事件にはたいへん詳しい。Yを通して見ているオウム真理教事件と、佐木先生が見ているオウム真理教事件は、同じなのか違うのか。私はずっと、佐木先生の『慟哭』に描かれている林郁夫の人物像に疑問をもっていた。Ｙの話を聞いたからではなく、一読者として読んで「なにかが変だ」と感じた。林郁夫はどんな謝罪をしたのか。実際に裁判を傍聴された佐木先生の話を聞きたい。

体調を崩されて門司の自宅で静養中だったにもかかわらず、佐木さんは私の訪問を快く受けてくださった。

門司港を見下ろす山の上の一軒家には、初夏のよい風が通っていた。玄関を上がって右手の居間の座卓には、すでに食べ切れないほどの海の幸山の幸が支度されている。歓迎されていることが、伝わってきた。

書斎の机に私の著作が、付箋を貼られて何冊も積んであった。先生は横目で見て照れくさそうに、久しぶりに他の人の小説を読んだら、また自分も小説が書きたくなってきたよ、とおっしゃった。佐木先生は一昨年、脳卒中で倒れてからは筆を執っていない。

私は、自分が地下鉄サリン事件の実行犯である死刑囚のＹと交流していることを告げ、率直に尋ねた。

「佐木先生は、ほぼすべてのオウム裁判を傍聴していらっしゃいますが、なんのために傍聴を続けていらっしゃるんですか」

「うーん理由ってのはないなあ。私はね、自分のことを裁判傍聴業って呼んでいるんですよ。裁判を傍聴するのが仕事。目的は、ないんです」

どういうこと、目的は取材じゃないのかしら。

「裁判の傍聴が、お好きなのですか?」

「好きというか……。とにかく全部、傍聴しようと思った。そう決めたんだよ。決めたからやる。それだけだね」

「裁判傍聴マニア?」

そうそう、それそれ。と、先生は笑ってグラスを口に運んだ。

よほどお酒がお好きとみえて昼間からちびちびと焼酎のお湯割りを飲んでいる。医者には止められているが、飲めないなら死んだほうがマシだよ、と。

「先生の『慟哭』を読みました。あの本を読んで、佐木先生は林郁夫に対して、とても好意的だと感じました」

「うん、彼はなあ、ほんとうに気の毒なほどだった、そりゃあもう、ひどく悔やんでいる様子だったよ」

「私は……、そうは思わなかったのです」

「ほう……」

「林郁夫の、反省は、わかりやす過ぎるというか……。社会通念に沿ったわかりやすい演技をしたように感じました。あの人は根本的なところで、何も変わっていない、そう思ったんです」

先生は意外だったようで、何度も、いやあ、いやあ……と呟いて顔を擦った。

「あれは、演技じゃないよ、演技であああはできないよ」

目の前に、林郁夫をありありと見ている顔だった。

「そうでしょうか。人間は無自覚にいつもなにかしらの演技をしているものではないでしょうか。だから林郁夫も自分が演技をしたとは、思っていないのかもしれませんが……」

「法廷での彼の様子は、打ちひしがれて気の毒なほどだったがなあ」

「林郁夫は、崇高な理念をもった典型的なインテリだと感じました。どこか上から目線で人を救おうとしています」

「つまり、あなたは、林郁夫が反省してないってことを言いたいのかい？」

「反省していない、とは言いません。けれど」

観ていないから、確信はない。

「林郁夫の言説を聞いていると、根本のところで考え方を変えていない。人間の救済という理念のために人を殺したのに、やはり、教養が間違っていてそれを信じたから人を殺したのだと思っているのは、彼の答弁からよくわかります」

佐木先生は私の言葉に腕を組んで考え込んでしまった。

「あの反省は、本心だと思うのだがなあ……」

「本心かどうかではなく、彼の考えは、入信前も入信後もあまり変わっていないと感じるんです」

「どういうこと？」

「彼は救済を正義だと考えている。苦しんでいる他者を救済しようとする。でも、それって、言い方は悪いけれど、大きなお世話だと思うんですよ。あの人は、おせっかいな自分をわかっていないような気がします」

私たちはその後も、オウム真理教についていくつかの意見交換をしたのだが、ことごとく考えが食い違った。ここまで食い違うものかと思うほど、噛みあわなかった。

たとえば、事件の主要メンバーの一人井上嘉浩（いのうえよしひろ）死刑囚についてどう思うかという点も大きく割れた。実際に法廷で井上嘉浩を見ている佐木先生は、彼は実に真面目な青年で、非常に反省していたと語る。

私は、そう思っていなかった。井上嘉浩の言動は一貫して自己中心的。その場その場で立ち回り、保身に走る小心さが見える。井上は検察側に受けのいいように証言を変えている。権力に弱く自己愛の強いナルシスト。でも、本人を見たわけではないから、説得力に欠ける。傍聴している佐木さんの現場主義はすごい、彼らをその目で見ているのだから。

「私は、オウム真理教という教団が暴走したことの一因を担っているのは、井上嘉浩じゃないかと思っています。あの人は、いわばトランプのジョーカー、トリックスター。彼が事態を混乱させたのではないかと。確信はありませんが……」

「どうしてそう思うの？」

「井上は地下鉄事件に関しては麻原の指示ではずされていたことになっています。でも、実際には『村井にはまかせておけないから』と言って自ら関与しました。彼はかなり独断で行動していたし、麻原に対しても自己保身のための嘘をついています。井上の軽率な行動は事態を悪化させていたと考えています」

「井上嘉浩がかい、うーん、そんな風に考えたことは一度もなかったなあ」

ある映画監督が、映画を観る時に、観客が泣く場面はおおむね同じだよ、と語っていたことを思い出した。泣かせるというのは実に簡単だ、人の涙腺は条件反射。しかしね、笑う場面は微妙に違うんだ。どこで笑うかが、すごく重要なんだよ、と。

佐木先生は、素直に泣きすぎだわ。私は、笑ってしまう。特に林郁夫や井上嘉浩の手記は、過剰すぎて照れ臭い。過剰な言動の裏には嘘がある。私はそう思っているけれど、先生は過剰を受け入れる。いったい、この感じ方の違いはなんだろう。

その晩は遅くまでお酒を飲み、佐木先生の若い頃の話を伺った。先生は広島に育ち、原爆も経験している。戦後は母親と共に九州に移り八幡製鐵所に入所。労働運動に関わり、共産党に入党したことを知る。

「煙もうもう天に漲る……」と、旧八幡市市歌を大らかに歌う佐木先生を見ながら、この世代の人たちは、戦争と、その後の日本の高度成長をどう見ているのかしらと思った。製鉄の街八幡の市歌は、私には環境破壊ソングに聞こえてくる。さらに続く「憧れのハワイ航路」はアメリカ賛歌？　なぜ終戦から三年目に「憧れのハワイ航路」が大ヒットし、佐木先生は今もそれを熱唱するのかしら。一緒になって歌いながら妙な気分だった。

佐木先生が書いた原爆の絵本『昭和二十年八さいの日記』（石風社）と、「憧れのハワイ航路」はちぐはぐだし、林郁夫の猛烈反省もちぐはぐだ。

「佐木先生がおっしゃるように、林郁夫は、寝返ったわけでも、嘘をついたわけでもなく、彼の中にもともとあった正義や、崇高な理念が、検察側の都合とうまく嚙みあったんだと思います。林郁夫は検察側の提示した正義のために証言した。結果として、幸運にも無期懲役という生存の権利を手に入れたんだと思います」

佐木先生は、徹頭徹尾「林郁夫の反省は本物だと思う」とおっしゃる。林郁夫を見ていない私は、黙るしかない。

でも、林郁夫を「神さま先生」ではなく「通俗的社会倫理のアバター」と見る人間も必要なんじゃないかしら。門司港のホテルに一人になったとき、決めた。私と先生が同じ意見である必要はない。

翌日も体調の厳しいなか、佐木先生は私を昼飯に誘ってくれた。行きつけの中華料理店で、また焼酎を飲む。

「あなたも裁判は見といたほうがいい。勉強になるから」

「先生、一緒に平田信の法廷に行きましょう」

いつか佐木先生とオウム裁判を傍聴できたら。同じ現実を見て意見を交換してみたい。

「羽鳥さん、これ、あげるから持って行きなさい」と、別れ際に本を一冊くれた。

井上嘉浩の、裁判記録だった。

## 12

「Yさん。作家の佐木隆三さんとお会いしてきました。とても優しい方でした。オウム事件についていろいろお話をお聞きしました。私は、佐木さんがあまりにも宗教に興味がないのが意外でした。それに、林郁夫や、井上嘉浩に対して、彼らの反省は本物だと思うとおっしゃっていました。人の見方はこんなに違うものかと驚きました。もうすぐ平田信の裁判が始まります。また、罪との闘いを見せられるのでしょうか」

秋になるとYの証言出廷が決まり、弁護士や検察との面談が始まった。

「毎日が、裁判の準備でとても慌ただしい」と手紙をくれた。

「羽鳥さん。くたくたです。検察側は自分たちに有利な証言を引き出そうとプレッシャーをかけてくるんです。もう事件からずいぶんと時間も経っていて、記憶も薄れていて、細かな記憶は曖昧になっているのに、以前とちょっとでも違う答えをすると突っ込まれるのでたまりません。今さら、隠し立てすることなどなにもありません。大変な事件を起こした者として誠実に証言したいと思っています」

今回は平田が「宗教学者マンション爆破事件」と「地下鉄サリン事件」にどの程度関与しているかを審議する法廷。検察はYが親友の平田を庇うために虚偽の証言をするかもしれないと警戒している。過去の裁判記録を持ち出され「過去にはこう言った。ああ言った」と重箱の隅を突つくように、言質をとられるのは心労だろう。人間はテープレコーダーじゃない。同じことを繰り返すほうがかえって嘘っぽいじゃないの。

「Yさん。元気を出してください。裁判所への移送の時に護送車に乗るでしょう、きっと外の景色が見られますよ」

東京拘置所に拘置されて十七年、Yは一度も外に出ていない。この機会に塀の外の空気を吸わせてあげたい。もし、ほんの少しでも人が行き交う街路や、空や、花や、樹々を見ることができたら、どんなにうれしいだろうか。Yもきっと、それを期待しているはずだ。

傍聴に行く気はなかった。事件が風化したとはいえ、オウム裁判はまだまだ人気がある。傍聴券を取ることさえ難しいだろうし、なにより閉所恐怖症気味の私は裁判所の雰囲気が苦手だ。

佐木先生なら、裁判員制度が導入された初のオウム裁判を傍聴なさりたいだろうなあ。さぞ、無念であろう。そんなことを思っていた。

新聞社から傍聴記の依頼が来たとき、初めて「Yについて書く」ことを意識した。

書いても、いいのかしら。

私は、YやYの家族の事情を知りすぎている。書くのは怖い。書き始めたらなんでもかんでも書きたくなるかもしれない。きっとYも不安がる。出廷前に緊張しているYによけいなプレッシャーを与えることになるかも。

傍聴に行きあなたの記事を書く、とYに告げられないまま裁判の前日になり、せめてもと、言い訳のようなハガキを送った。

たぶん、私は書きたかったのかも。だから、素直にYに言い出せなかった。Yと一緒にオウム事件の法廷にいることを思うと、興奮して眠れなかった。

13

二〇一四年二月、証人喚問の日。

東京地裁内のロビーで開廷を待っていると、通信社の記者に声をかけられた。

「こんな場所で羽鳥さんに会うとは、思ってもみなかったな」

文化欄の担当だった彼とはデビュー当時からのつきあい。いまは社会面を担当していて裁判員制となったオウム裁判をすべて傍聴するつもりだと語った。

「今日はまたどうして東京地裁に。次の作品は法廷ミステリーとか？」

「ご冗談、そんなの私には無理。新聞社に傍聴記事を依頼されたんです。裁判傍聴はこれで二度目。緊張します」

Yの交流者となったいきさつを説明すると、彼は記者らしい好奇心でいろいろ質問してきた。

「Yさんとの交流はいつ作品にするつもりなんですか？」

「そんな予定はありません。書こうと思って交流者になったわけじゃないもの」

「でも、それは書くべきでしょう。作家なんだから」

「いまさら私が書いたところで、目新しいことなんかなにもないです。あれだけオウム・ウォッチャーがいるんですから」

「いやいや、ミネルヴァの梟は夕闇に飛び立つと言いますからね」

それから、彼は前日に行われていた井上嘉浩死刑囚の証人喚問の様子についてしゃべり始めた。

「昨日の井上嘉浩死刑囚の証言は、かなりインパクトありましたよ」

井上嘉浩の新聞記事のコピーを読ませてもらった。またしてもこれまでの証言を翻すなど、ずいぶんと派手に大立ち回りをしたらしい。

井上死刑囚の評判は、はなはだよろしくなかった。井上が証言を翻すたびに、ああ、また井上君がしょうもないことを言っているね、という冷めた反応が元実行犯の仲間たちからも聞こえてくる。

「ある意味、井上は、今もずっと井上らしいです。裁判においても井上の面目躍如という感じです」Yはそんな風に井上を評する。

井上嘉浩本人は、直接的に殺人には関わっていない。他の実行犯に言わせると、井上はいつも巧妙に教祖からの命令を無視し、他の信者に任務を負わせてきたらしい。なんにせよ、殺人に手を染めていない井上は、死刑判決に納得していないはずだ。

「今回、井上は、かなり検察に媚びている感じがあったなあ」

記者は職業的なしかめ面で顎をなでた。

「まだ、無期懲役の可能性を探っているのかもしれないですね」

「ずいぶんと興奮していたので、仮谷（かりや）さんの遺族の方も、井上の発言にはとまどっているみたいだった」

記事によると、井上死刑囚は遺族の前で反省の号泣をしたらしい。その芝居がかった態度に、遺族はみな鼻白んでいたという。

「私は、彼を教団のトリックスターだと思っています。でも、佐木隆三先生にそう申し上げたら、ぜんぜん支持されませんでしたけど」

「佐木先生とお会いになったんですね」

「ことごとく意見が割れてしまって。特に井上嘉浩と、林郁夫に関しては真っ二つに……」

「それは面白いなあ、その場にいたかった」

「どうしてかなってずっと考えていたんですが、もしかしたら、私と佐木先生は、事件をまったく別の角度から見ているのかもしれない」

「ほう？　どういうふうに？」

「オウムの人たちが出家者だということを、佐木先生はまるで問題にしていないんです。でも、彼らを理解するには、出家者とはどういう人たちかを知る必要があるんです」

「おやおや、瀬戸内寂聴さんになるおつもりですか」

記者はちゃかすように笑う。

「多くの人は、教団が信者から財産を巻き上げるために出家をさせた、くらいに思っているんです。その程度にしか出家制度を考えていない。違うんです。仏教において、出家は、現世での財産、地位、名誉、しがらみ、家族とか、恋人とか、そういうものをすべて捨てる行為。もっと極端な言い方をすればね、出家することで、それまでの社会的自我を、自ら殺すんです。ここのところはなんとなくわかってもらえますか?」

「うん、まあ、わかります」

「それは、なんのためだと思いますか?」

「解脱でしょう」

「そうです。オウムは解脱を目指している出家者の集団でした。目指しているのだから、まだ解脱していないんです。解脱したいというのも、欲望ですからね。すべてを捨ててでも解脱したいという強烈な欲望を剝きだしにした人たちが、欲望を捨てるために修行していた、それがオウムなんですよ」

「なるほど、じゃあ、逆に欲望が強いと?」

「強いというよりも、純粋なんです。世俗的なものを捨ててゼロの状態になるわけですから、それぞれが抱えていたコンプレックスや欲望は、よりシンプルな形で表に出てくる。その欲望を修行によって消すことに専念するのが出家です。オウム真理教の最大の強みは、日本に出家制度を復活させたことかもしれません」

記者は、うーんと腕を組んで考え込んだ。納得できないという風だ。

「でもさ、既成の仏教にも出家ってあるじゃない？」

「ないです」

「え、ほら禅寺とか」

「日本の仏教には、もう出家という制度はないです。あれは出家もどき。ほんとうに財産を没収され、性交や結婚を禁じられるような、厳しい戒律をもった出家制度はありません。それに、今の日本の仏教は解脱を目指す出家者に存在価値を認めていません」

隣の席でノートパソコンを打っていた男がこちらを見ている。思わず声のトーンを下げた。

「出家者の存在価値ってなんですか？」

記者もつられて小声になった。

「既成の価値観を否定することです」

わからんな……と、目が泳ぐ。

「出家しないと解脱ってできないの？」

「この日本社会で生きていたら、欲望を捨てるなんて不可能じゃないですか」

「それで、なんで凶悪犯罪を起こしたわけ？」

「そこが知りたいから、ここに来ているんです」

開廷の時間が迫っていた。そろそろですよ、と声がかかる。記者は「じゃ」と言って先に歩いて行った。追うようにノートと筆記用具を携えて法廷に向かった。法廷入り口にはすでに傍聴者の列が出来ていた。

「昨日までは傍聴者も多かったけれど、今日はぐっと入りが減ったなあ」と、間延びした声が聞こえる。

Yはもう、この建物のどこかに居るかしら。

入廷しながらYの気配を探った。

東京拘置所から裁判所まで、移送にはどれくらいの時間がかかるんだろう。

移送の途中、街の景色を見られたかしら。

裁判員でも、判事でも、記者でも、遺族でも、誰でもいい、交流者以外の人間と出会う最後の機会かもしれない。

どうか生きているYの目に、たくさんのものが映りますように。

でも、この願いは叶わなかった。

Yが外の世界は見ることは、なかったから。

たったの、一瞬も。

14

白い囲いの中から、しわがれた声が響いてくる。

舞台のような法廷。裁判員の視線が囲いの中を見下ろす。睨みつける顔、同情する顔、疑いの顔。一段高い所から証人席を見下ろしている人たちに、怒りを感じた。あなたたち、オウム真理教のことなんてなにも知らないでしょうに、どうやってこの人たちを裁くというの。裁けるわけがないじゃない。

Yは声を荒らげることも、嗚咽を洩らすこともない。淡々とした口調で、時に慎重に言葉を選びながら、検察側の質問に答えていくYの声はかすれている。でも、私が知っているYだった。法廷でも、いつものままのYだ。

Yは、私がここにいることを知らない。私の前にいても、いなくても、Yは、Yのままだ。同時に、まったく逆の考えも浮かんだ。この異様な場に、ありのままでいられる人間がいるかしら。ここは劇場。みんながなんらかの役割を演じざるをえない場所。Yはずっと、したたかにYを演じているのでは？

午前中の公判が終わり、昼休みの時間、裁判所内にある食堂で蕎麦を食べながら、同行していた若い新聞記者に証言の感想を聞いた。

「Yは、実に慎重にうまくかわしていますね。検察にとって有利な証言をまるでしていないです」

うまくかわしている？　記者にはそう見えるのか。

「そんなことなにも意識せずに聞いていたわ。というか、私は裁判というものがまるでわかっていないのね」

「検察は、平田が事件にどう関わっていたか聞き出したいわけです。関与を証明したい。Yは井上と違って検察に協力的ではありません。ですから、自分の減刑などは考えていないのだと感じました」

「つまり、仲間を庇っているということ？」

「わかりません。本人にしかわからないことだから」

「それはそうね。彼は私宛の手紙の中で、平田とは友人だからなるべく刑は軽くなってほしい。だけど、大変な事件を起こしたのだから、裁判では事実をありのままに話す、そう言っていたわ」

「そりゃあ、そう言うしかないでしょう」

「そうだけど」

「検察も誘導尋問的なことをしますから、事実が歪曲されてしまう場合もあるし、まあ両者とも狐と狸ですよ」

人間の心は、オセロのチップみたいだと思う。全部白だと思っても、ある時、黒にひっくり返る。かと思えば、また白に。どこにチップを置くかで、ゲーム版の黒白の対比が変わる。Yに対して、真っ白なときもあれば、黒いチップが優勢になる日もある。

「私は長く交流しているし、彼を信じたい気持ちが強い。いえ、信じていると思う。だけど、信じようとすればするほど、じゃあ、なぜ彼が犯行に及んだのかを知りたくなるのよ。もともと教祖には批判的であったし、逃げようと思えば逃げられたのじゃないかしら。教義を信じていたというなら、かえって納得できる。そうじゃないのに、なぜって思うの。人間のどういう部分が、彼を教団に引き止めて、サリンを撒かせたのかなと思って」

「そういうことは、作家さんじゃないとなかなか追及できないですよ」

あっさり言われて、いやいやそんなもんじゃないんだ、まったくダメなんだ、と返す気力もなく黙った。

「新聞記者は法廷の短い記事をまとめるだけで、人間像までに斬り込めません。で、傍聴してみて、どうですか？　なにか新しいことがわかりましたか」

新しいこと……。

「事件の、一日前のことが、とても興味深かった」

「一日前というと、今川の家の出来事?」

「ええ。まるでどうでもいいガラクタみたいなエピソードが、なんだか面白かった」

彼は、へえと声を張った。

「やっぱり作家はぜんぜん違うところを見るんですね」

そうなのかしら。箸を止めて相手を見たが、彼はもう夢中で蕎麦をすすっており、眼鏡が白く曇っていた。

閉廷後、地裁内の長屋のような新聞記者詰め所でパソコンを借り、翌日の朝刊のための記事を書いた。タイトルは「隠された死刑囚」。主に、法廷での死刑囚の扱いについて言及した。

「証言台が囲いで隠されることを証言者は望んでいなかった」と。裁判員制度に関しては「事件が複雑すぎて裁判員の裁量を超えているのでは?」と感想を述べた。正直な気持ちだった。

## 15

証言の日、朝食を終えたYは刑務官に引率されて独房を出る。

犯罪者を搬送するための専用駐車場は東京拘置所の地下にあった。

Yは拘置されている六階フロアから細い通路を通ってエレベーターで地下へ降りた。黒光りする護送車が停まっていた。刑務官が前後左右を取り囲み、護送車に乗せられた。乗車するまでの間、外の景色は一切見えなかった。刑務官の態度は事務的で冷たかった。この護送車は、かつて麻原彰晃のために特注されたもので、窓は小さく、スモークガラスになっている。しかもカーテンが引かれているため、移送の間も車内から外は、一切見えなかった。

Yを乗せた車は都内を走り東京地方裁判所の地下に。地下駐車場から裁判所内に入る専用通路まで、前後左右を刑務官に取り囲まれて移動。服役囚が待機する専用待合室に通され、そこで開廷を待つ間も手錠と監視がついた。いよいよ法廷に出た瞬間、傍聴席との間にアコーディオンカーテンが引かれ、そのまま囲いの中に押し込められた。

「思いきってカーテンをめくってみればよかったのよ」

冗談には応ぜず、Yは首を振った。

「そんな状況じゃありませんから。手錠をされていますし」

「けっきょく、外の風景は見えなかったのね」

「一瞬も。見えませんでした」

「がっかり。残念だわ」

「あれは、あんまりだと思いました」

「囲いで隠されたことが？」

「違います。行きすぎた警備に、です」

押し殺したYの声は震えていた。

「私はもう十八年も、拘置所にいるんです。刑務官の人たちは日々の私のことを見て、私の言動を知っている人たちなんです。私がどんな人間か、彼らが一番わかっているはずなんですよ。それなのに、まるで、私が裁判中に暴れ出して逃走でもするかのような、そういう扱いでした。十八年、私が自らの言葉と態度で示してきたことは全く考慮されていなかった」

気づけば、Yと私の間に、またあの暗い沼が現われて、深緑色の水面にもやもやと水輪が広がっていた。

「すみません、こんな愚痴みたいなことばっかり言って」

Yの気配りは、時に、圧倒的に優位に立っている私の姿を映し出す。

「いいのよ、いっぱい愚痴って。あの日、証言台に立って何を感じたか、ありのままの感想を聞きたいの。平田信の顔はよく見えたけど、あなたの姿は、一瞬も見ることができなかった。あなたが入って来た途端に目の前にアコーディオンカーテンが引かれて、びっくりしたわ」

証言の日から、もう一週間が経っていた。

「傍聴席にいらしたんですね」

「ええ。最前列にいた」

Yの証人席が衝立で隠されるというのは前もって聞いていた。でも、証人席までの数歩の距離を、アコーディオンカーテンで隠すとは思っていなかった。

「羽鳥さんからは見えなかったでしょうけれど、私を囲んでいた衝立の後ろには、刑務官が二人居たんです。私は左右から挟み込まれるように監視されていました。ですから、私は両脇を見ることができなかったんです。私に見えたのは正面にいる裁判官と、裁判員の人たちの顔くらいです。横にいた平田さんの顔を、ほとんど見ることができない状態でした」

傍聴席から見ると、衝立は家畜の囲いのようだった。以前に似た光景を見たことがある。細い通路を追い立てられ、身動きできない狭い囲いに入れられる、食肉処理場の牛。

「あの囲い、行き過ぎだわ。あそこまでして死刑囚を隠すのはどうしてだろうって不思議だった」

「表向き、囲いは死刑囚の心の安定のためってことになっているんです。私は拒否したんですが聞き入れられませんでした」

「あれは、裁判所の要請なの？」

「いえ。拘置所の意向です。死刑囚への対応は拘置所の管轄なんです」

「そうなの？　拘置所はなぜあんなことをするのかしら？」

「わかりません。検察側の説明によれば、拘置所側がパーテーションを要求した理由は、証人となる死刑囚の心の安定のため。教団関係者が奪還を実行したときのため。右翼団体の者などが証人に暴行しようとするかもしれないから証人を守るため。傍聴人が証人めがけて物を投げつけるかもしれないから証人を守るため。以上の四つでした。でも、この四つの理由はどれをとっても現状でありえない。傍聴席に居たならわかるでしょう、そんな事態が起こると思いますか？」

「思えない。だって、十年前に麻原彰晃が証人として出廷した時ですら、衝立で証人を隠すなんてことはなかったもの」

あの時は、まだ容疑者の死刑が確定していなかったから、隠されなかったのか。そうだとしても合点がいかない。

「もし拘置所の言う理由に少しでも正当性が見つけられるなら、私は不平など言わず素直に従います。個人的な我を通そうという思いなどないです。だけど、移動中に外の景色を見せない、傍聴席から私の姿を隠す、私からも傍聴席を見せない……という拘置所の対応は、死刑囚を数人の人間としか交流させない、ということと根っこが同じに思えるんです。拘置所側は、常にその理由の筆頭に、死刑囚の心の安定を唱えます。だけどそれは詭弁です。私の心はそんなことで安定などしません。むしろ、真逆です。心が乱れます。面会に立会人が付くのも、面会時間がわずか二十分なのも、全部、死刑囚の心の安定のためなんて、それは、あまりに拘置所側の勝手な言い分です」

「イヤがらせも刑のうち、という発想かしら。制裁という意味で」

Yは慌てて首を振った。

「いいえ。たぶん、拘置所側は死刑囚を、なるべく人間社会から遠ざけたいのだと思います」

「どうして?」

「死刑囚が、生きた人間、同じ人間だという認識を、国民に持たせないためじゃないかと思います」

「そのことで、いったいどういうメリットがあるの？」

「死刑囚が、同じ人間だったら、死刑囚を処刑する刑務官の方々の心情はいたたまれないです。死刑がある以上、誰かが処刑ボタンを押すんです。いまは、五人の刑務官が同時にボタンを押して誰が処刑したかわからない仕組みになっています。だけど、そんなことはあまり関係がないと思うんです。選ばれた五人は、自分が殺したかもしれないと思うでしょう。だから、少しでもその罪悪感をやわらげるために、死刑囚を人間として扱ってはいけないのかもしれないです」

Yの隣には刑務官が座り、私たちの会話を筆記している。終了時間が近くなって、刑務官は腕時計に目をやり、そろそろだよ、と顎で合図をしてきた。この刑務官はどんな気持ちでYの話を聞いているのかしら。一度も顔を上げない。

「今回の証言台の囲いが、私の心の平安のためというのなら、それは心外です。私の心の平安を考えるなら私の話を、どうか聞いてほしいのです。他の死刑囚も皆、姿を隠されることを拒否しました。私は、逮捕されてから一度も暴れたりしたことはありません。刑務官のみなさんはそれを、知っているはずです」

「私が知る限り、Yさんは、ほんとうに誠実で穏やかな人よ。Yさんの昔の友人達も、教団でYさんを知っている人たちも、ご家族も、Yさんの人柄を悪く言う人は誰もいなかった」

ため息をついたYは、感情的になったことが気まずかったのか、私から目をそらした。

「だからよけいに知りたい。なぜ、あなたがサリンを撒いたのか……」

少しの沈黙ののち、Yは低く唸った。

「なぜ、殺人を、犯してしまったか。そのことを、逮捕されてから今まで、いえ、逃亡中もずっと考えてきました。様々な事情が重なり合って私は犯行を行いましたが、どのような事情があろうと、犯行の責任は私にあり、私が悪いんです」

「それは質問の答えになっていない」

「羽鳥さんは、殺人を犯すような人間には必ず心の闇があると決めてかかっているんです。確かにそうかもしれません、でも、それだけじゃないんです」

「じゃあ、他になにがあるの」

睨み合っているのに、視線はお互いをすり抜けていた。

「沼が、見える」

刑務官が面会時間の終了を告げた。

「私は、沼を追っている。その沼は逃げ水みたいに、消えてはまた別の場所に現われるの」

怪訝(けげん)な顔のまま、Yは腕を摑まれ立ち上がる。私も彼を追うように立ち上がった。

「手紙を書くから。どうしても知りたいことがあるの。あの事件の、一日前の出来事について、教えてほしいの。お願い！」

答えを聞く間もなく、Yは扉の向こうに消えた。

## 16

地下鉄サリン事件の一日前。

Yと平田は、上九一色(かみくいしき)村の教団施設から「今川の家」に向かった。今川の家は都内にある一軒家で、井上嘉浩が管轄していた教団のアジト。Yにとっては初めての場所だった。「道順は平田信に教えてもらえ」と言われ、教団所有のチェイサーに乗って二人が現地に到着したのが昼前のこと。

事件の実行犯らに集合の指示を出したのは井上。井上に指示を出していたのは麻原彰晃。麻原とじかに謀議ができる関係にあったという意味で、井上は自分より上の立場だった、とYは言う。

今川の家に井上はいなかった。他のメンバーも集まって来たが、井上が来ないのでやることもない。井上からの連絡はない。時間ばかりが過ぎてしまう。

「もう、あの頃はほとんど睡眠がとれていなくて、頭がぼーっとした状態でした。とにかく目の前のことをこなしていたというか、そんな感じです」

漫然と井上を待っていてもしょうがない、準備を始めるか。

テロ決行は、翌朝、通勤時間帯の午前八時。サラリーマンに交じって地下鉄に乗るのだから、目立つ格好ではまずい。やはりスーツが必要。ワイシャツ、靴下、スーツに合わせて靴も。スーツ姿に剃髪は目立つ、カツラも用意するか。

この時点で、犯行計画を知っているのは昨夜招集を受けた実行メンバーの五人だけ。極秘の任務なので、仲間内でも他言は禁止された。誰がどこまで知っているのか疑心暗鬼の状態。交わされる言葉も曖昧となる。

今川の家は紙袋やダンボールで雑然としていた。計画を知らない平田がどこからか長髪のカツラを見つけてきて、オイ、こんなのがあるけど、これはちょっとひどくないかと、かぶっておどけて見せた。平田の冗談に笑うY。時間を持て余す男たち。

井上は来ない。しょうがない。時間がもったいないから買い物に行こうということになり、車二台で新宿に向かう。このあたりからYの記憶は曖昧になっていく。

確か、スーツを買ったあたりまでは、他のメンバーも一緒だった。新宿の紳士服量販店で、スーツを選ぶ。デパートでカツラも買った。ひと通りの買い物が済むと、Yと平田ともう一人が、新宿に残った。

Yは、平田と二人きりになりたかったと言う。平田とは考え方が似ていて気が合った。平田とだったら好きな物を食べたり、教祖や上司への不平不満も話せる。他の一人を車に残し、Yと平田は連れ立って新宿駅西口周辺をぶらぶらと歩いた。

明日は特別な任務がある。気が重い。気の許せる平田と二人きりになるとほっとする。時に麻原に対しても堂々と批判を述べる平田を、Yは信頼していた。二人の話題は、おおむね上司である村井秀夫への愚痴だった。

以前、Yに聞いたことがある。

「村井秀夫って、どういう人だったの?」

Yの説明はとても具体的だった。

「教団のマンガ本を出版した時の話ですが、五十人の信者による人海戦術で本を梱包することになりました。その時、村井は時計を見ながらすばやく作業をして見せ、一冊を梱包するのに二分だ、と断言し、五十人なら二十四時間で三六〇〇〇冊ができるはずだからやりなさい、と指示を出して消えました。オウムにおける作業はすべて修行であり、上司の指示は絶対です。しかし、村井は部下たちがトイレに行く時間も、食事の時間も、疲れてきて作業が遅くなることも、想像できない。なんでも計算通りに物事を進めようとする人でした。だから村井の下で働くのはとても大変だったんです」

杓子定規（しゃくしじょうぎ）で威圧的な村井への愚痴をこぼしながら、二人は西新宿京王デパート別館一階にあったアイスクリーム屋で、コーンに盛ったアイスを食べた。

なぜ、アイスクリーム。

どれにする？　俺はブルーベリーかな。尊師の言うことは絶対に間違っているよな。

あれは村井と井上が悪い。あの二人が尊師を煽ってる。

アイスを食べ終えた二人は、駐車場に停めてあった車に戻り、再び今川の家に向かう。たぶん、ひどく憂鬱な顔で。

17

井上はまだ来ない。

新宿で買ってきた品物を整理したYは、炬燵のある部屋に集まって井上を待つ。しばらくして、井上から電話があり、これからそっちに行くから、と連絡が入る。ああ、ついに井上が来るのか。

井上を待っていたはずなのに、どこか落胆しているY。

玄関の開く音がして、どたどたと井上が炬燵の部屋に現われた。

早口で、明日の計画のペア組が変わったことを告げる井上。逃走を補助する運転手とのペアのことだ。Yが「私とは誰がペアになったんだ？」と聞くと、「杉本だ」という答え。

この時点で平田はサリン事件の運転手から外された。「これから、杉本、豊田、広瀬、高橋、横山と渋谷のマンションに行くように」と、井上からの指示。

Yは、少しがっかりしつつ、このワークから平田がはずされて良かったとも思う。平田には、まだ地下鉄にサリンを撒く計画が知らされていない（Yはそう証言している）。「オマエ、ほんとにはずされてよかったよ」とYは平田に言った。

メンバーから外れた平田は教団に帰っていいはずだが、心残りなのか炬燵の部屋に残っていた。

いよいよか……。

今川の家には、地下鉄サリン事件を翌日にひかえた実行犯たちの、陰鬱な雰囲気が漂う。そんな中、井上のテンションだけが異様に高い。

Yは井上に次ぐ取りまとめ役の立場にあり、実務面で井上を補佐していた。一見、黙々と雑務をこなすYの胸の裡を、一番理解していたのは、たぶん平田信だ。

ペア組の話し合いが行われた後、Yはトイレに立つ。

台所に初めて見る顔の信徒がいた。こいつ誰だ。一般信徒が秘密のアジトに居ていいのか。信徒は井上と親しげに話をしている。その様子にYは黙る。なんだかひどく気分が悪い。

信徒と話を終えた井上が「おい、ちょっと一緒に来ないか」と、軽いノリで、Yを誘う。Yを指名したわけではないが、その言葉はたぶん自分に向けられたものだと感じ、Yは立ち上がる。面白いものがあるから一緒に行こう、そんな口調だったと言う。

「この時もそうですが、井上は基本的に早口で、いつも何を言っているのかよく聞き取れないんです」

もしかしたら、お茶でも飲みに行くのかな、と思ったそうだ。

ところが車で行くらしく、井上は地図のようなものを取り出した。これからここに行くから、と説明を始めた井上に、Yはふいに怒りが湧き、その言葉を遮(さえぎ)って「そういう説明をされても位置関係がわからないから」と、地図を退(の)けた。

「とっさに、ああ、また井上の手伝いをさせられるのか、だったらイヤだなと思いました。だから、衝動的に説明を遮ったんだと思います」

ムッとした顔の井上を見たYは、平田の運転する車で、井上のワゴンについていくことに。

先導するワゴン車は、とある宗教学者が住んでいるマンション周辺のT字路で止まった。後ろにつけると、井上が車から降りてきて、「ここでこれからすることを見ていてくれ」と言う。

そのマンションが誰のマンションで、何が始まるのか、その時のYにはわからなかった。Yと平田は車を玄関の正面に停めて様子を見守った。

井上がマンションの玄関に入り、集合ポストの下に紙袋を置いて出てきた。見ていろと言われても、何を見るのか、いったい何をすればいいのか自分の役割がわからず「ったく、どうしろっていうんだよ」と、呟いているうちに、ドーンという爆音がして、玄関から火柱が上がった。

バカ野郎。

焦って車を発車。ヤバイ。ここから離れなければ。偶然だがそこは土地勘のある場所で、少し先の袋小路に車を停められることを知っていた。ひと目につかない場所に逃げなければ。

井上に猛烈に腹が立った。何を考えているんだ。袋小路で車を降り、早歩きで井上のワゴン車に近づく。すーっと窓を開けた井上が無邪気に叫んだ。「おい、爆発したところが見えたろう!」

その時の気持ちをYは「もうこの人には何を言ってもムダだと思いました」と語った。

Yは「平田信は事件前日、犯行計画を知らされていなかった」と証言。

「宗教学者マンション爆破事件」に関しては、自分も平田も「ちょっと一緒に行こう」と誘われたのでついていった。この証言内容は、自身の裁判の時と同じで、一貫している。

18

「Yさん。このあいだの証言で気になったことがあるんです。平田さんと二人で新宿に買い物に行ったとき、あなたたちはアイスクリームを食べたとのことですが。まだ寒い時期。なぜアイスクリームを？」

Yからの返事は意外だった。

「アイスクリームというか、実際にはジェラートでした。アイスは、オウムの出家者にとって、絶対食べてはいけないものの一つなんです。クンダリニー（第一チャクラのエネルギー）の熱エネルギーが下がるとチャクラが冷える、つまり修行が遅れるという理由で、出家者は冷たいものを禁じられており、水ですら体温まで温めないと飲みませんでした。冷たいアイスクリームを食べるなんて出家者としては言語道断。破戒の最たるもの。だから、食べたんです」

「そんな反抗心があるなら、どうして逃げなかったの。逃げようと思えばいくらだって逃げられたはず。新宿から高速バスに乗って、山奥にでも行ってしまえばよかったのに」

「羽鳥さん。あの時は逃げても見つかって殺されると思っていました。それに家族にも危害を加えられると。だとしても、なぜ、逃げなかったのかと問われれば、自分がバカだったとしか言いようがありません。自分がなぜ、殺人を犯してしまったのか、そのことを、逮捕されてから今まで、ずっと考えてきましたが、どうにも答えが出ません。

私が出家したきっかけのひとつ、まだお話をしていなかったと思いますが、わたしは、三鷹にある宇宙開発研究所の電気工事の仕事をしていたことがあるんです。その時、ふと思ったんです。もし将来、日本のロケットが軍事のために使われたら、私はその手伝いをしたことになるなあ……と。普通に生きていても、この社会で暮らしていれば、知らず知らずのうちに、兵器造りの手伝いをすることもある。だから、オウムに出家したのです。でも、結局のところ行き着いた先は、殺人兵器造りだったのです」

「Yさん。電気工事の仕事をしていて、戦争のためのロケットが作られたら自分もその手伝いをしたことになる、なんて、Yさんの考えはあまりにもナイーブで私には理解できないです。地球の反対側で蝶が羽ばたけば嵐が起こる。そんな繋がりの世界に私たちは生きているんですよ。その繋がりから自分だけが逃れられるとは思えない。

　もしその繋がりから、肉体を切り離すことが出家の目的であるならば、東京拘置所は、Yさんが望んだ理想の出家場所ということになってしまいます。教団よりも遥かに社会から隔絶されていて、外の景色すら一瞬も見せてはもらえないのだから。その独居房にいる限り、社会的なあらゆる悪に染まることもない。人と関わることもない。現在の境遇は、まるでYさんが出家前に望んだ願望の実現された形ではないですか」

「羽鳥さん。おっしゃる通りかもしれません。繋がりからは逃れられない。ほんとうにそうです。私は、確定死刑囚となってから、見ず知らずの百数十人の死刑囚全体のことがとても身近に感じられるようになってきました。実はこの百数十人は、あるバランスで命が繋がっているんです。ちょっと言い方が悪いかもしれませんが、ようするに、私が再審請求を出すと、私に死刑執行が回ってきても、拘置所の慣例として執行を延期されるでしょう。そのかわり次の人がくり上げられてしまうんです。もちろん、死刑囚の誰でも再審請求を出す権利が与えられているのですから、そんなに気にしなくてもいいのかもしれませんが、それでもやっぱり、すっきりしないものを感じてしまうんです」

文面を読んで唸った。あなた、そんなんじゃこの社会で生きていけないわよ、と。それからああ、昔、死んだ兄にも同じことを言ったな、と気が重くなった。あなた達は、そんなに他人のことばかり考えているから、結局は孤独死をしたり、犯罪に巻き込まれたりするのじゃないの？　それとも、Yはまだ教義に洗脳されているのかしら？

「Yさん。気がすすまないかもしれないけれど、できれば事件の直後のことを教えてくれないかしら。私は事件そのものよりも、事件の前と、事件の後のYさんの行動にとても興味があるの。井上がなかなか来ないことや、平田さんがカツラをかぶっておどけていることが、わたしには気になるの。どう気になるのか、うまく説明できないけれど。教団の雰囲気がよく伝わってくる。事件の後はなにがあったのか、なるべく具体的に教えてくれないかしら。いつでもいいから、思い出したら書き送ってください。急がなくていいから」

## 19

岡田（おかだ）さんは書店員だった。

二十代前半。黒縁の眼鏡をかけた男性で、顔はニキビ面で美男子とは言い難いけれど、気さくな人だった。いつも書棚の間を徘徊している生意気盛りの女子高生を相手に、年上の岡田さんは人生や、友情について真剣に語ってくれた。時にダセーと茶化しながらも、そういう生真面目な岡田さんを嫌いではなかった。

ある時、岡田さんから「面白い催しがあるから行ってみない？」と誘われた。

「二人で来ればいいよ。お金はいらない。お昼ご飯も出るし、歌や踊りの演し物もあるんだ」

一緒にいた友人と私は顔を見合わせた。岡田さんの目が赤く潤んでいる。一生懸命な感じが伝わってきて、どうする、行ってみる？　と照れながら小突きあい、断わる理由もないので行くことになった。

約束の日曜日、待ち合わせの市役所前に行くと中型マイクロバスが待っていた。私たちを見つけた岡田さんがおーい、と手を振る。私と友人は、岡田さんの後ろに立っている同乗者を見た瞬間、しまった、と思った。

なにかが違う気がしたけれど、まだ高校生の私たちには、ここで逃げ出す勇気がなかった。岡田さんに、さあさあと急かされて乗り込み、狭いシートに座ると音もなく発車した。車内は化粧と茹で卵の匂いがした。私たちは目的地を知らなかった。だいたいあの辺りだと地名を聞いていただけだった。

お弁当が配られた。包装紙に包まれた手づくりのおむすび三個。口に含むと、とても不味かった。おむすびなんて、塩をまぶして海苔を巻くだけなのだが、その不味さに私も友人もびっくりした。友人が「これ見て」と耳元で囁く。ご飯の中に長い髪の毛が混じっていた。

どうしてこんなに不味いおむすびが作れるのか。ご飯の炊き方が悪いのか、米粒がべちゃべちゃしていた。海苔は湿って、塩があまかった。「おいしいおむすびをつくる」ことに興味のない人が、つくったとしか思えない。おむすびは、きゅっと固めのご飯でむすび、塩を効かせ、海苔はなるべく湿らせない。それをあたりまえのこととして私は育ったし、友人もそうだった。

この人たちは、どうやら私たちと違うものに関心をもっているのだ、そして、二人の高校生を、彼らの関心のなかに引き込もうとしている。行きのバスからもう、来たことを後悔したが、時すでに遅し。バスは、知らない道をぐんぐんと山のほうに向かって走っていた。

着いたところは、山麓にある新興宗教団体の御殿。玄関に、銀色のタマネギのような屋根がかぶせてあった。そこで大集会が行われているらしく、バスが着くと出迎えの人たちが集まって来て、手を振って歓迎してくれた。「ようこそ、ようこそ」と握手攻め。もみくちゃにされながら、私たちも「どうも、どうも」と愛想よく握手を返し、この事態をなんとかギャグにしてしまおうと試みた。そうでもしなければ恥ずかしくていたたまれない。私も友人も、岡田さんがその信者の一員であることにはとうに察しがついていたので、彼を傷つけたくはなかった。

イベントが終わり、またこのバスに乗って自分たちの町に戻るまで、この場に居続けなければならない。一人で来なかったことが不幸中の幸いだ。

円形の大ステージで上演されていたのは、この宗教団体の開祖が布教を始めて信者を増やしていくまでの物語だった。「さあ、輝ける未来に飛び出そう、大いなる教えのもとに」

延々と続く歌や踊りにげんなりした。なぜ、みんなこんなに熱狂しているのだろう。高校生でもわかる趣味の悪さを、大人が自覚できないのはおかしい。友人も同じことを感じたらしく「見ていて恥ずかしい」と、途方に暮れ、「あそこで配っているお茶も不味くて飲めないよ」と文句を言った。

お茶やお菓子は無料で配られていて、「好きなものをなんでも食べていい」と言われたのだが、食べ物に対して無関心な人たちの食べ物は不味かったし、加えて、なにか得体のしれない《念》のようなものが、食べ物にへばりついていて気持ちが悪かった。ここでものを食べたらこの熱病に感染してしまいそうな気がした。

私と宗教の出逢いはこうして始まった。以来、私は宗教に対してとても用心深い。

## 20

わかりますその感じ、とYは苦笑いをした。

「で、その後、岡田さんとはどうなったんですか？」

「会うのを避けるようになった。私は宗教が嫌いなんだなって、あのときはっきり思ったわ」

「私も、宗教が大嫌いでした。いまでも宗教臭いものはものすごく苦手です」

「じゃあ、どうしてオウム真理教へ入信したの？」

「正直、街で尊師のマーチを歌ったり、成田空港のロビーで五体投地（ごたいとうち）をさせられるのは、ほんとうに恥ずかしいことでした。ただ、当時の私には、恥ずかしいと思う自分ってなんだろうな、という問いがありました」

「恥ずかしいと思う自分？」

「そう。恥ずかしいって、どういうことなんだろうかって。この恥ずかしいという感情を見極めてみたいというか、そういうことを考えていたんです」

「確かに、恥ずかしいって妙な感情よね」

「私がオウムに入信した理由は、けして一つではなく、いろいろな偶然も重なって出家を決意していくわけですが、恥ずかしいと思う自分、というものがなんなのかを知りたいという思いは強くありました。大嫌いで恥ずかしい宗教的なことを、どこまでできるか」

八〇年代に流行った、自己啓発セミナーを思い出した。

アメリカ西海岸から入ってきたニュー・エイジの洗礼をもろに受けたのがちょうどいまの五十代から上の世代。私やYもその世代だ。

自己啓発セミナーのメソッドでは、まず徹底的にこれまでの自分が否定される。当時は企業の新人研修などにも利用され、地獄の特訓などと称して合宿所に隔離されて人格を否定されたり、人通りの多い駅前に立たされて大声で叫ぶことを強要されたりした。それによって古い自我を壊し、ポジティブで積極的な人間に生まれ変わるというもの。「新しい自分」の発見は大ブームとなり、私の周りでも多くの友人が高額のセミナーを受講した。

友人の一人がこのセミナーにはまり、どんどん高いステージに挑戦していった。彼女は私より三歳ほど年上だった。あなたも絶対に受けてみるべきだ、自分が変わるからと、強くすすめられた。それで、一度だけ無料の体験コースというものに参加したことがある。青山だったか赤坂だったか、連れて行かれたのは立派なマンションだった。通された部屋はわりあい狭かった。集まった数人の参加者と輪になってゲームのようなことをさせられた。

ファシリテーターと呼ばれる男性が現われて、ヘリウムガスを吸ったような甲高い声で挨拶を始めた。痩せて色が白く目はくっきりと二重でなかなかの美男子だった。服装も清潔で頭も良さそうだった。彼は「これはペンです」「あなたはジョンです」という英語の教科書みたいな日本語で、会話の随所に横文字を挟み、個性を脱色してアメリカ風に味付けした見事な標準語を操った。

このしゃべり方が、私にはとても恥ずかしかった。

なにか質問はありますか、と聞かれたので「このゲームの目的はなんですか？」と訊くと、「まず体験をしてみることが大切なのです」と言う。「体験こそ気づきの一歩です。私たちが頭で知っていることは、ほんのわずかなのです」と。

終了してから「どうだった？」と友人に聞かれたので、正直に「あの人の態度が偉そうで恥ずかしかった」と答えたら、友人はすかさず「それがあなたのエゴなのよ！」と、してやったりな顔で言う。その顔がすでにファシリテーターと似ていて恥ずかしいものだから、しばらくその友人と会うのを避けた。

でも、それがあなたのエゴなのよ、という言葉は、なぜか私の急所を射ぬいてしまい、エゴという言葉の実が破裂して種がぶわっと飛び散った気がした。

しばらくして仲間うちの忘年会で、またその友人と会うと、彼女はさらに高額のコースを受講していた。聞かなければいいのに興味津々で、つい内容を聞いてしまう。

「最近は、かなり瞑想が深まってきたわ」と、友人は自慢げに語る。そもそも瞑想がどういうものなのかわからなかったので、瞑想と聞いただけで頭が迷走していた。

「瞑想をするとどうなるの？」

「心が静かになっていろいろなビジョンが降りてくるのよ」

ビジョンってなんだろう。

彼女の話はちっとも要領を得ず奇々怪々。グループで車座になって瞑想をしたという。そうすると、隣の人の背後に千手観音が見えたのだそうだ。

「あなたの後ろに千手観音がいますね、って言うと、その人が、よかったら差し上げましょう、と言って、千手観音をくれたのよ」

「そ、それは、夢か幻覚でしょう？」

まだ二十七歳だった私は面食らった。千手観音をもらうって、どういうこと、と。夢でも幻想でもなく、深い意識状態で高次の人々が繋がるとそういう神秘体験が起こるのだと彼女は言う。

もし、本当ならそんな不思議なことを体験してみたい。セミナーを受けなかったのは、単に私が貧乏でお金に対してシビアだったから。二十万が手元にあれば受けていたと思う。

21

思えば、私とYが小学生だった一九七〇年代、神秘体験に興味をもつのはごく自然のことだった。

テレビではイギリスからやって来たユリ・ゲラーが超能力でスプーンを曲げ、UFOの特番が組まれ、漫画雑誌では「うしろの百太郎」や「恐怖新聞」というつのだじろうの心霊漫画がブームになった。「こっくりさん」が学校で大流行。各地で子供が失神して大騒ぎになった。

「ちょうどYさんが教団に出家した八〇年代後半、私はユング心理学や、ゲシュタルト・セラピーにはまっていたのよ。河合隼雄先生の『ユング心理学入門』を読んで、人間の無意識にあるイメージ、夢、そういうものにとても興味をもって勉強を始めたの。その頃はずっと夢日記をつけていたし、実際に夢分析のセラピーも受けていた。夢の意味を探る、それが私の内的な旅の始まりだった。Yさんは、どうだった？」

「私の場合は、大学を卒業したあと四年間、世界を放浪したことかな。特に中南米、ブラジルなどに旅行した体験が鮮烈でした」

「海外で、どんな体験をしたの？」

「少数民族が虐殺されているのを知りました。ひどい状態だった。それから、大規模な森林伐採も目の当たりにしました。この世界のものすごい不平等、富める者が貧しい者から搾取している現実、そういうことがほんとうにショックでした」

アマゾンの熱帯雨林を思い出しているのか、遠い目をする。

「南米やインドでの体験を通してものの見方が変わってしまったんでしょうか。放浪を終えて日本に戻って来たら、浦島太郎みたいでした。自分の四年間と、日本にいた人たちとの時間の流れ方が全然違う。食べていくために仕事に就くんですが、日本の社会にうまく適応できない。それで、身体を悪くするんです。特に背中と腰の痛みがひどくて、苦しくて、医者に行っても治らないし、なんとか自分で治療しなきゃと思って本屋でヨーガの本を探しているときに、たまたま、Aの本を手に取るんです。そこに書かれてあることに、興味を持った」

「内容に感動したの？」

「自分が求めていたものと近いことが書かれてあった、という感じかな。それが、まあ、Aと出会うきっかけです」

「なにを求めていたの？」

「本質、真理のようなものだと思います」

「その頃はまだ、オウム神仙の会ね」

「確か一九八七年です。道場でヨーガを始めたら体調が良くなったんです。身体ではっきりと感じましたから、ヨーガは自分にとっていいものだと思いました」

「話は戻るけれど、教団での修行によって、さきほどの、恥ずかしいという気持ちは克服できたの？」

ん～、とYは腕を組んで考え、きっぱり言った。

「やっぱり恥ずかしいです」

「あの安っぽいオウム服とか、教団のテーマ・ソングとか、恥ずかしい？」

「恥ずかしいです。だからまあ、私の修行はぜんぜん進んでいなかったってことでしょう」

「恥ずかしいと、どうなの。困るの？」

「今は、笑えます」

「そうよね」

会話を筆記し終えた刑務官が面会時間終了を告げる。

Yは「早いなあ」と呟いて立ち上がった。もう、以前のように刑務官に話しかけることはしなかった。それが少し淋しく思え、「じゃ」と手を振って別れた。

面会室を出ると、どこからか病院の配膳食のような匂いが漂ってきた。そういえば以前に拘置所の夕食は四時だと聞いた。「なんでそんなに早く?」とYに問うと「皆さんが五時で帰るためです」と笑った。

詰め所の刑務官に会釈し、エレベーターで一階に降りる。長い通路を歩き、ピンク色の面会票を小さな返却口に落として扉を開けると、やっと外が見えてほっとする。

四時を過ぎると、拘置所は慌ただしくなる。購買所は店じまいの準備を始め、差し入れも急かされる。時間通りに勤務を終えたい人たちが、まだ記入しているそばから差し入れの用紙を片づけ始める。あまり気分の良いものではない。

東京拘置所の面会ゲートの真ん前に池田屋という店があり、差し入れの品が買える。狭い店内に菓子や缶詰がぎっしり並んでいて、片田舎の雑貨屋のようだ。リンゴ三個、バター、食パン。Yの好きなあんず飴(あめ)を注文。差し入れ票の「関係」の欄には「友人」と書くが、さて、私はYの友人なんだろうか。わからない。出会いからして、特殊すぎるのだもの。

「申し訳ないけど、バターがずっと品切れなのよ」と池田屋のおばさんが言う。「もう、二ケ月先までバターは予約でいっぱい、だけど全然入ってこないわ」

バターなんて、スーパーでいくらでも売っているのに。食品の差し入れができるのは池田屋と拘置所内の購買所だけ。どうしようと悩んでいると「Yさんの好きなおせんべいならあるわよ」と、薦められた。長く東京拘置所にいるので、店の人たちがY

の好みを覚えているのだ。

「Yさんは面会の人が多くて恵まれている。何十年も誰一人、面会に来ない死刑囚もいるんだから。人徳ってのは大事だねえ」

ほんとにそうですね、と応えながらお金を払った。死刑囚もお金がなければ、便箋も封筒も切手も買えない。スナック菓子や本、着替え、独房で生きるにも現金がいる。地獄の沙汰も金次第とはこのことか。

綾瀬川の上を走る高速道路を見上げていると、急に池田屋での会話が思いだされて「ハハハ」と意地みたいに笑った。バターの代わりにおせんべいを買っても、パンと一緒には食べられないじゃないの。刑務官が五時に帰るからって、四時に夕食を出す拘置所のお役所ぶりったらない。なんで面会時間は二十分なの。どうして自由に文通できないの。面会室でしかめ面して筆記をしている刑務官の目的は何よ。あんな記録なんて、文字で書かなくたってレコーダーがあるじゃないの。それにあれって、何に使うのかしら。

使いっこないわ。真面目に記録なんかしていないもの。

みんな、茶番劇みたい。

## 22

「Yさん。いつも、修行は好きではなかったって言うけれど、考えてみると、それもちょっと矛盾していないかしら。だって、普通、出家というのは修行のためにするものでしょう。Yさんは、あえて修行のことはお話しにならないけれど、何か隠しているからではないの。私が思うに、Yさんは、オウムを全否定したいのでは？　きっと、このような事件が二度と起こってほしくないと願っているのよね。そして、いまも麻原彰晃を崇拝している人たちには、早く目が覚めてほしいと願っている。確かに、いまだって東京拘置所の周りで礼拝するような信者もいると聞くわ。あなたは、修行の神秘体験で人を迷わせたくないと思っているのよね。

でも、あなたは以前に言ったわよね。『修行を教祖まかせにして、依存してしまったのが悪かったのかもしれない』と。あれはどういう意味なのか知りたいの。とても大事なことのように思える。だって、いまでも少なからぬ人が、修行をしたいと思い入信しているのよ。もし修行がほんとうに役に立たないものなら、いったいどんな修行をしたのか、教えてもらえないかしら」

「羽鳥さん。私は別に隠しているつもりはありませんでした。修行で記憶に残っているのはアンダーグラウンド・サマディくらいです。たぶんお聞きになったことがあるでしょう。地下に埋められたコンテナルームに監禁され、四日間、断食をしながら瞑想するというハードな修行でした。コンテナ内の酸素量を測定することで、どのくらい瞑想状態に入っているかがわかるという、実にオウムらしい修行方法です。マニュアルがあって、段階的に瞑想をしていきます。修行が成就したかどうか判断するのはAです。私は一応、この修行を成就したことになっています。ですから、断食は得意です。

修行の終わりを告げられて、数日ぶりで地下から出された時のことでした。女性信者がやって来て、これからAが神戸に行くから運転するようにと命じられました。

神戸のマラソン大会で菊地直子さんが入賞したので、お祝いにAと弟子が向かうから運転手をしろってことでした。ハイになっていたので東名高速を一五〇キロくらいのスピードで突っ走ったことを覚えています。菊地直子の入賞にAはたいへんにご機嫌で、今日はみんな、ファミレスでなんでも好きなものを食べていいぞっということになりました。当時、ファミレスでご飯を食べさせてもらうのは、信者にとってものすごく嬉しいことでした。

断食明けには流動食、わかっていたのですが、メニューを開いたとたん料理の写真がどーんと目に飛び込んできて、抑えていた食欲がさく裂したのです。気がつくと私はジャンボたこ焼きを注文していました。弱っていた内臓にいきなり油っこいものを詰め込んだものだから、後がたいへんです。東京までの帰り道、下腹がぐるぐる鳴って、休憩の度にトイレに駆け込んでいました。まさかAと一緒の車中でもらすわけにもいきませんから、もう、腸が捩じ切れるかって、死ぬ思いでした。

みんなが、ハンバーグなど注文するのに、自分だけお粥では損だという気持ちもあったんです。こんなわけですから、いくら苦行などしたところで、人間は変わりません。食欲すら抑えられないのですから。まあ、それは、私がどうしようもない俗人だからかもしれません。

熱心に修行に取り組んでいる人たちはたくさんいました。みんながみんな、私のように不真面目だったわけではないと思います。ですから、この話は私の個人的な体験として聞いてください」

Yの返事に失笑した。地下コンテナでの断食修行がムダだったという結末。でも、この修行に挑戦してしまうYの気持ちがわかる。チャンスがあるなら私だってやってみたい。そんな経験、めったに出来ないもの。

「Yさん。お返事ありがとう。とても面白かった。Yさんのユーモアのセンスにはいつも感服する。

手紙をもらってから、いろいろ調べたのだけれど、アンダーグラウンド・サマディは、かなり修行を積んだ者しか受けられない極限修行ではないですか。ということは、Yさんは、それなりに修行していたってことよね。教団の中でヴァジラチッタ・イシディンナと呼ばれていたYさんのことを、私はなにも知らない。あなたのステージは正悟師。これも教団内ではとても高いそうね。あなたがいつもあまりに謙虚だから、教団内で高い地位にいたことを忘れてしまうけれど、あなたには部下もいたし、責任もあった。麻原の運転手って、たぶんとても大役ではないかしら?

Yさんがオウムを否定したい気持ちはよくわかるけれど、私はもっと教団にいた時のあなたについて知りたくなってしまった。あのサティアンと呼ばれた教団施設の中でいったい何が行われていたのか。あなたはどんな生活をして、なにを守ろうとしたのか、そして、あなたのような賢い人が帰依してしまった麻原彰晃って、どんな人だったのか。今ごろになって興味がわいてきました」

## 23

黒塗りの門をくぐると右手に巨木があった。

よく見れば二本の古木がなまめかしくからみ合いひとつになっている。扇形に広がった枝先に芽ぶいた若葉が美しい。眺めていると「これは桂の木です」と背中に声がした。葉が落ちると甘い香りがするそうだ。人懐こい優しいお顔。初対面なのに、古い友人と再会したような心地になった。

北島暁妙さんは、神奈川県の大雄山線沿線にある日蓮宗のお寺の住職。妻帯せず一人でお寺を守っているとのこと。境内に咲く鮮かな紫蘭を眺めてから、観音像の前の黒光りする板間に通された。

オウム真理教について調べている……と、仏教関係の編集者に相談したところ、「それなら北島さんが詳しいのでは」と、紹介された。ちょっと変わったお坊さんだけれど、オウムの教義をよく研究していたから、と。

メールはなさらないというので何度かお手紙のやり取りをして、私の著作も読んでもらった。

「変わった作風ですね」と、北島さんはすぐに感想を送ってくれた。読書好きで博識。ご自身も法華経講話の本を出版しており、作家の仕事に興味をもってくれた。

仏教に疎い私は日蓮宗も真言宗も違いがよくわからない。ましてや密教なんかさっぱりです。そうお伝えするとすぐさま数冊、仏教の入門書が送られて来た。あまりに無知のままお会いするのも気が引けて、読み終えてからと思っているうちに日が経って、ようやくお会い出来たのはやりとりを始めてから一年後。ちょうど私の関心は、

Yからオウム真理教へと移り始めていた。

北島さんはお寺に生まれたわけではない。若い頃はひきこもりがちの内気な青年で、生きる意味を問い、人生に悩んでいたという。鬱々とした学生時代に宗教に興味をもつ。あるとき、猛烈に仏教の僧侶になりたい、という衝動が起こり、どうにも抑えきれずに自分から望んで日蓮宗の門を叩いたそうだ。以来、僧侶一筋。あちこちのお寺を渡り歩きながら、天職として僧侶を続けている。

「僧侶になりたい衝動って、なんでしょうね?」

「それが、私にもよくわかりませんで。とにかく、僧侶だ、と思ったんですよ。天啓が降りたとはああいうことでしょう」

ちょうどオウム真理教が信者獲得に乗り出した頃、北島さんは仏教者による電話相談のボランティアをしていたと言う。相談者の電話から、いち早く、仏教系の新しいカルト教団が勢力を伸ばしてきたことを知り、調査を始めたそうだ。

「電話相談というのは、どれくらいなさっていたんですか?」

「かれこれ、七年ですかねえ。あれは、とても勉強になりました。市井(しせい)の人たちの生(なま)の声を聞けましたからね」

「どういうことを学ばれたんですか?」

「仏教の話をいくらしても、悩んでいる人間、苦しんでいる人間は救えないってことを痛感しました。病気で苦しんでいる人にお釈迦さまの説法なんか始めたら、すぐ電話を切られてしまいます」

　なるほど、と頷けた。

「現実に苦しんでいる人の前で、仏教は実に無力ですよ。そのことを痛感してから仏教書が大嫌いになってしまいました」

　北島さんの書棚には自然科学や心理学の本が並んでいた。

「とりわけオウム真理教の事件を通して、いまの宗教の無力さを実感しました。仏教は、もっとオウム真理教としっかりと向き合わなければいけないと思いますね。信者の方たちは仏教的な悟りを求めて入信しているわけですから」

「私が知りたいのは、そこなんです。北島さん、悟りとか、解脱ってどういうことなのですか？　だってどこにも悟りとはなにか、って書かれてないのですもの」

「これはまた、いきなり本題にきましたね」と北島さんは笑った。

「悟りねえ……。なにせ悟ったことがないのでわかりません。ですが、虎穴に入らずんば虎子を得ずと申しますし……」

　なんと北島さんは自らオウムの瞑想の修行方法を実践してみた、と言い出した。

「実際に、同じ修行をされたんですか？」

「実体験を通してしかわからないことですから、何が起こるのかやってみるしかありません。一日四時間くらいですかね、教祖麻原彰晃のマニュアルに従って瞑想をしてみました。すると、本に書いてあるとおりの、赤と黄色と青の光の玉が現われましてね、こう、美しく輝きながら移り変わっていくんですよ。真っ赤からだんだん黄色、ピンク、若葉色……といろんな色にね。瞑想をするうちに、光が出てくるのが楽しみになりましてね。さらに教則本を読んで行くと、クンダリニー・エネルギーを覚醒することがオウム真理教の第一段階の修行だって書いてあるじゃないですか。どんなものか知らないけど、とにかく、書かれてある通りにやってみたんですよ。そうしたらお尻のあたりが火傷しそうなほど熱くなってきまして、実際にクンダリニー覚醒というのが起きたのです」

「本に書かれてある通りの？」

「わたしの場合、ヨガのポーズはしなかったんです。ただ、書かれていた通りの瞑想を毎日していたら、会陰のところががまんできないほど熱くなっていきましてね、もうあっちっちーって、冷水に飛び込みたいような熱さなんですわ」

瞑想法だけで？　そういう例もあると元オウム信者から聞いたことはあったけれど、そんなに簡単に覚醒が起こるものかしら。

「北島さんは普通の人とは違いますものね。つまりその……、ずっと独身で、仏教の戒を守って生きていらっしゃるでしょう。クンダリニーは性的なエネルギーと言われています。だから修行者は性交を禁じられるんです。瞑想だけで覚醒が起こったのは、北島さんが禁欲を貫いていらっしゃるからかもしれませんね」

「どうですかねえ。とにかく、私は体験しました。あれは実に驚くべきものですよ」

24

クンダリニー覚醒とは、ヨーガで言うところの第一チャクラを開くことを意味する。人間の会陰部分にあるクンダリニー・チャクラを解放すると、エネルギーは猛烈な勢いで螺旋（らせん）状に上昇しながら、身体の中心に並ぶ七つのチャクラを解放していくという。チャクラが開かれた身体は活性化し、直感力が冴え、超能力的な力が発現するらしい。

オウム真理教は、ヨーガの世界でタブーとされたクンダリニー覚醒の大規模な人体実験を続けてそのスキルを育てていく。信者に神秘体験をさせることが最盛期の教団の売りだった。

北島さんはクンダリニー覚醒のあと三半規管の不調による眩暈（めまい）に悩まされており、このような覚醒に伴う副作用は「クンダリニー症候群」と呼ばれ、難病を引き起こすこともあると言う。

「クンダリニー覚醒が起こると、超能力のような力が出てくると信者の多くは証言しているのですが、それはほんとうですか？」

「そういうこともあるでしょう。クンダリニーはまだ、人類にとって未知のエネルギーと言っていいんじゃないでしょうか。私はね、このエネルギーは進化を促すもののように感じました。人類が今よりも一段優れた生き物になるための入り口ではないかと。それを確認したら、オウムへの興味は消えてしまいました。私は、自分が体験したので断言しますよ。ヨーガによるエネルギーの覚醒と、悟りは関係がありません」

「クンダリニー覚醒は、悟りへの段階にあるものではないのですか？」

「違います。悟りとは、なにかをした結果として得られるようなものではないんです。そこを間違えてはいけないのです」

「じゃあ、ヨーガで覚醒しても悟れない？」

「はい」

悟れないと言われても、実際にクンダリニーが覚醒したと聞くと、羨望と好奇心がむくむく湧いてくる。赤、黄、青の光の玉が見えるなんて、どんな感じなのかしら。サイケデリック体験のようなものか。瞑想だけでそんな状態になれるなら、試してみたい。

北島さんは「もう私には必要ありませんから」と、オウム真理教に関する資料をダンボール二箱、譲ってくれた。中にはオウムの広報誌や書籍がぎっしり詰まっていた。

「私は、羽鳥さんが、女性であったことがとてもよかったと思っているんです。だから応援したいのです」

「なぜですか?」

「オウム真理教の問題は、男の頭ではなかなか解けない。男はすぐに二元的なものの見方をしてしまいますから。ですが、女性でこういう問題に挑もうという人は少ない。がんばってください」

「自信はないです。いまだに交流しているYさんのこともよくわからないし」

ため息をつくと、北島さんが妙な話を始めた。

「宗教に勧誘される人には、共通項があるようです、電話相談を通して感じたことです」

「似ている、ということですか?」

「グーパーじゃんけんで、グーを出す人が狙われます」

北島さんはあまりまばたきをしない。その目が河野さんとも、板橋禅師とも似ていた。

「これは、ある相談者から聞いた話です。その方は新手の宗教に勧誘されて、グーパーじゃんけんをさせられたのだそうです。勝ったら景品が出るという。グーとパーしか出せないなら、ふつうはみんなパーを出しますよね。ですが、みんながパーでは勝負にならない。すると、他者を勝たせるためにグーを出す人が現われる。その方がそうでした。パーを出した者は帰されてグーを出した者が残される。人のために犠牲になれる人間だからです」

ダンボール二箱分の資料を車に積んで、私は北島さんのお寺を後にした。国道一号線はすいていて、暗くなる前に家に帰り着いた。犬のプーと海岸を散歩しながら、考えていたのはＹのことだ。

Ｙも、光の玉を見たのかしら。きっと見たのだわ。でも、Ｙは修行の話を全部笑い話に変えてしまう。神秘体験については語ろうとしない。できればＹの口からなにを体験したのか聞いてみたい。そうすればＹの内面世界がもっとわかるかも。

散歩のついでに、行きつけのカフェで夕飯を済ませ、家に戻ってからいただいた資料の箱を開けてみた。Ｙの交流者でありながら、教団の教義にはまるで興味がなく、オウム真理教の出版物を読むのはこれが初めて。

古い雑誌に細かく付箋が貼ってある。北島さん、ずいぶん熱心にオウムを研究なさったのだな。黴（かび）臭いページを開く。教団の最盛期に出されたものだけに、誌面から立ち上る熱気を感じた。マスコミを騒がせた元信者たちの顔が次々に現われた。出家したての彼らの、初々しいこと。

一冊の広報誌が、目にとまった。

「マハーヤーナ（超能力と解脱を説く）」一九八九年一月号

この雑誌の総力特集は「成就者続出の奇跡を探る」で、巻頭グラビアに「誕生　未来を担う救済者たち」という見出しが立ち、後に教団青山本部前で刺殺された村井秀夫と、確定死刑囚となった井上嘉浩の上半身写真が掲載されていた。

湧き出ずる智恵の泉に向って　マンジュシュリー・ミトラ大師
　一九八八年十一月一日成就（村井秀夫）
天性の修行の才を生かし　アーナンダ大師
　一九八八年十一月二十三日成就（井上嘉浩）

カメラに向けられたまっすぐな視線。村井秀夫は剃髪。胸の前に両手を合わせ祈るような姿は地蔵菩薩のよう。演技ではない純粋さを感じた。井上嘉浩は堂々と胸を開き、ヨーガ行者のような風格を漂わせていた。どちらもすっきりしたいい表情をしている。

この人たち、赤ちゃんみたい。まっさらないい顔をしている。

私の思い込みなのか。確かめたくて、北島さんに電話をしてみた。

「いま、頂いた資料の『マハーヤーナ』を見ています。記事の大げさな文章にはげんなりしますが、成就したという信者たちの顔が無垢で美しいんです。ああ、この人たちの心は、ほんとうになにかを達成し、幸せだったんだな、と感じます。私の印象は、間違っているでしょうか」

北島さんは嬉しそうに「私も、そう思いました」と言った。

「羽鳥さんなら、色眼鏡をかけずに彼らを見てくれると思っていました。信者たちは皆、普通の人たち、修行して自分の精神の向上を目指していた純粋な人たちなんです。そういう彼らのことを、もっとわかってくれる人が、彼らについて書いてほしいと願って、資料をお渡ししたのです。雑誌をよく読んでいけば、彼らが陥ったオウム的思考がわかります。どこでボタンを掛け違えてしまったのか、羽鳥さんならわかると思います」

オウム的思考、それはなに？

私への公案のように思え「ありがとうございます」と電話を切った。後は、自分の頭で考えろ、ということか。

## 25

「マハーヤーナ」によれば、一九八八年には四十五人もの成就者（オウムの修行によってより高次な精神状態に達した者）が誕生したらしい。

そのうちの八人の成就者の体験記が、写真入りで掲載されていた。彼らの言葉からは精神向上への真摯な姿勢が感じられ共感できた。

ただ、どんなに彼らの態度が真摯だろうと、この広報誌の見出しやリードのすべてがうさん臭い。恥ずかしい。読んでいるとげんなりする。「未来を担う救済者たち」

高校時代にバスで連れて行かれた、あの集会を思い出してしまう。

「栄えあれ、降りそそぐ光の祝福　生死を超えた八名の肖像」

ああもう、なんてうさん臭いの。お尻がむずむずするわ。

私とほぼ同世代の信者たちが、この臭いフレーズになぜ耐えられるのか、合点がいかない。

最初は彼らだって、こんなダサいプロパガンダを恥ずかしいと思ったんじゃないのかしら。

ページをめくっているうち、Yの「恥ずかしいというのがどういうことなのか知りたかった」という言葉が浮かんだ。

宗教臭いことが大嫌いだというYは、あえて恥ずかしいという自我と向きあうことを選んだと言った。成田空港で五体投地をするなんて、恥ずかしいに決まっている。教祖の麻原彰晃は、そんな信者たちに「たとえ修行を嫌だと思っても行動ができるなら、それは潜在意識レベルで帰依しているということだ」と説いている。「なぜなら、人間は潜在意識によって行動させられているからだ」と。

なるほど、五体投地が恥ずかしいと思っても、行動できたらヨシと言うわけか。そして常に教祖の存在を思い浮かべ、教祖の教えに反することに不安を感じるようになれば、超潜在意識レベルの帰依が完成。

超潜在意識レベルで帰依すると、時空間を超えて教祖のエネルギーとつながれるという仕組みだ。うまくできている。そう言われたら少しくらい恥ずかしくても、我慢して五体投地だってやってしまいそう。

成就者たちの体験談を読む。驚いた。成就した信者のほとんどが「成就した」と実感していない。成就は、あくまで教祖、麻原彰晃から「認定」されるもので、自身が成就したかどうかの自己判定はできない。人によっては「ほんとうに成就したのかどうか不安でした」と、半信半疑の者さえいる。

Yが「修行を教祖まかせにして、依存してしまった」と悔いているのは、修行の達成レベルを麻原に委ねてしまった、という意味だったのか。

　八八年新年号には麻原彰晃の巻頭インタビューが載っていた。このインタビューで初めて「ヴァジラヤーナ」という言葉が登場する。

（編集部）今回「極限忍辱修行」を大幅に導入された動機は何でしょう。

（尊師）それは、昨年（八七年）「来年はヴァジラヤーナでいきますよ」と言ってたわけだね。ヴァジラヤーナの基礎は何かというと、帰依でしょ。当然、帰依の修行が必要だよね。ところが、以前の大師方はやっていたけれど、今のシッシャ（弟子）たちはやっていない。そこで始まったのが、この立位礼拝だね。帰依の修行をやらせようということは、シヴァ大神がそうお考えになっていらっしゃるということだね。「今年（八八年）、とにかくヴァジラヤーナの教えを説く」と。

　八七年まで、オウムの修行は二つだった。

「自分の浄化完成を目指すヒナヤーナ（小乗的悟りへ向かう修行）」

「自己だけでなく他の多くの人たちも救済するマハーヤーナ（大乗的悟りへ向かう修行）」

　信者は、ヒナヤーナを達成してのち、マハーヤーナに至る。

教団の広報誌の名前が「マハーヤーナ」なのは、オウム真理教がマハーヤーナ、つまり大乗的な他者救済を目指す教団だったからだろう。

ところが、八八年の年初から、麻原は「ヴァジラヤーナ」でいく、と宣言している。いったいヴァジラヤーナって、どういう教えなのかしら。

Yに手紙で質問をすると、こんな答えが返って来た。

「羽鳥さん。私が理解している範囲でお答えします。もしかしたら他の人は別の受け止め方をしているかもしれませんが。ヴァジラヤーナは、たとえ自分が悪いカルマを受けてでも、他者の救済をしなさいという教えなんです。マハーヤーナまでは、自己の救済があって、さらに他者の救済でした。ヴァジラヤーナは、自分は地獄へ落ちてでも、他者のカルマを浄化せよ、という教えなんです。だから、殺生という仏教における最大の破戒も認められてしまうのです。平田信は、自分はマハーヤーナでいい。ヴァジラヤーナに向かわなくていい、と言っていました。私も、ヴァジラヤーナにはついていけないと思っていました。ヴァジラヤーナと言い始めた頃から、教団は犯罪を整合化し、おかしくなっていったんだと思います」

「ヴァジラヤーナ」が、教団のターニングポイント。

ではなぜ、麻原は、急にヴァジラヤーナなんて言い出したのだろう。インタビューではシヴァ大神のお告げと言っているけれど、シヴァ大神ってどこの誰よ。さらに教団の出版物を読んでも詳しい説明がないが、ヒンズー教のシヴァ神と、麻原彰晃の言うシヴァ大神とは無関係のようだ。

シヴァ大神は、麻原だけに語りかけてくる神。麻原に降りてきた神の仮称みたい。ということは、麻原彰晃は、幻聴を聞いていた？

確かに救済者はみな神の声を聞く。イエス・キリストも、大本教の出口ナオも、親鸞だって夢でお告げを聞いている。麻原も神の声を聞いた。神さまの声を聞くのは教祖の専売特許。神懸かりこそ宗教の本質と言ってもいい。最初はヨーガの同好会のような集団だった。それが大きくなって教団になった。ヨーガ瞑想とチベット密教的な菩薩行は、組み合わせとしては悪くない。

問題はシヴァ大神か……。教祖に語りかけてきたこの神さまの出自が不明。なぜそのことに誰も言及できなかったのかしら。

麻原の弟子たちは、教団のマニュアルでヨーガ修行を進め、程度の差こそあれクンダリニー覚醒（らしきもの）を体験している。教義の通りに神秘体験が起きることで修行への確信を深めていった。修行中に体調不良や事故、精神の不安定が生じると

「カルマが出てきた」と歓迎され、カルマが表面化したことで内的な浄化が起こり修行はさらに進むとされた。

何が起きても修行は正しい、という一方向への思考回路の形成。全員で信じれば思いこみ効果も絶大。

弟子に「成就者」という認定を与えられるのは、教祖の麻原彰晃のみ。教団において麻原彰晃は絶対的な存在。麻原だけが「成就とはなにか」を知っていて、弟子は、決して麻原を越えることができない。よって、教祖の逮捕後には、弟子たちのステージが上がることはない。この気づきは衝撃だった。Yは事件前に「正悟師」に昇格している。たとえ死刑囚となっても、現信者にとっては永久背番号みたいなものなんだわ。

なんとなくわかってきた。

輪廻転生(りんねてんしょう)を信じ込ませ、都合が悪いことはすべてカルマのせいにしてしまえば、悪いカルマをもった人を早く転生させるための殺人も正当化できる。内容はどうあれ理屈として「筋が通っている」。筋さえ通せばへ理屈で相手を丸め込むことができる。なんだってそうじゃない、ネットワークビジネスだって、政治法案だって……。

犬のプーが、お腹がすいたと足下にじゃれついてきた。気がつけばもう明け方。目がかすむ。読み始めると面白くて夢中になった。オカルトブームやバブル期を経験した私にとって、オウム真理教の暑苦しいほどのパッションは妙に懐かしい。バブル期って、日本中がクンダリニー覚醒をしていたような時代だったな。

本当に、光の玉が見えるのかしら。

オウムの教本を見ながらお尻を突き出すヨーガのポーズを取ってみたが、「ぶはっ」と噴き出してしまった。

「照れくさくてやってらんない」

自意識過剰。だから作家になったのかも。

26

麻原彰晃は何者か。

次第に私の興味は、ブラックホールに吸い込まれるように教祖、麻原へと向かい始めた。

あの理知的なYを破滅させたカリスマ教祖。(私から見れば)ボサボサの頭、髭面のぱっとしない男にどうして多くの信者が神聖を感じたのか。その理由を知りたい。

麻原は聖者なのか。天才詐欺師、あるいは精神を病んでいたのか。

まだオウム・バッシングが激しかった頃。某雑誌に掲載された麻原の「空中浮揚」

の写真を全面肯定した知人がいた。ヨーガの修業中に空に浮かんだというピンボケ写真は、見るからにインチキ臭かった。しかし、彼は平然と言ってのけた。

「修行を積んだヨーガの行者なら、浮揚もできます」と。

当時は「うわ。危ない奴」と身構えたけれど、オウム真理教を調べているうちに、もう一度、彼の意見を聞きたくなった。

「人間が浮揚することはありえないわ。地球には重力があるのよ。それに、浮揚したところでいったいどんな意味があるの。飛行機に乗ったほうがよっぽど安全に移動できるじゃないの」

そう言うと、彼は「私は単に事実を知っているに過ぎない」と黙った。悔しいけど、彼の勝ちだ。人間が「浮揚しない」ことを証明する情熱なんて、私にはない。

藤川昌造（ふじかわしょうぞう）の浅黒い肌は、二十年前と変わらずつるんとしていた。若いというよりも年齢不詳。草食動物のような黒目が濃いまつ毛で縁取られている。

彼の父親はインドのアシュラムで修行をしたヨーガの伝道者で、藤川は親の指導のもとで子供の頃からヨーガを続けてきたと聞く。穏やかだが、細身すぎるせいか少し神経質な印象を受ける。

別れた夫の友人で長いこと疎遠だったのに、いきなり訪ねて来た私を、驚くふうでもなかった。

「すっかり、ご活躍のようで」

出された紅茶は無香料のセイロンティ。おいしかった。お香の香りが漂う道場、祭壇に散らばった肉厚の白い花はみかんの花だという。伊豆高原の大室山(おおむろやま)の麓、青々した草が風になびき山肌を撫でているのが開け放った窓から見えた。

とうに夫と別れたことは、事前の電話で告げてあった。元夫と彼は大学時代の山岳部仲間。夫は、若い頃から藤川を敬愛しており、私と藤川が空中浮揚の件で言い争った時はかなり不愉快そうにしていた。

「今更と思われるかもしれませんけれど、私はいま縁あってオウム真理教を取材しているんです。資料を読むとオウムの信者たちは、自分たちが覚醒するために教祖のエネルギーを高額で買っていました。麻原から直接にエネルギーを得るシャクティパットを受けた後は体が軽く爽快になるのだそうです。修行の段階を進めるために、信者は教祖のエネルギーを求めました。いったい彼らの求めていたエネルギーとは、なんだと思われますか？」

「マハーヤーナ」の信者の手記のコピーを渡す。

藤川は、時間をかけて手記を読んでから「オウムがこんな危険なことまでやっていたとは……」と驚いたふうだった。

「藤川さんは、クンダリニー覚醒を体験したことはありますか」

返事はなかった。

「元オウム信者たちの多くが、クンダリニー覚醒を経験していたようです。それほど危険なことのようには思えないのだけれど」

「羽鳥さん、クンダリニーは、原子力のようなエネルギーだと考えてください。力は強いが、危険だし、一度、動かしてしまったら止めるのがとても大変で、ずっと管理し続けなければならないものなんです。だから、ヨーガでは長い時間をかけて小出しにする方法を教えるのです。いきなり解放するといろいろな意味で危険です。もともとヨーガは健康のためのものではありません。瞑想のためのものです。ヨーガを、やり過ぎたらかえって身体に良くない、ほどほどにするのがいいんです」

「このエネルギーの本質はなんですか？」

「ですから、核エネルギーみたいなものです」

「それ、冗談でしょう？」

この人は昔から、話が大げさなのよ。

「羽鳥さんは核とは何かご存じですか？」

「原子核の核？」

「そうです。物質をどんどん分けていくと原子になります。原子の中にあるのが原子核、その中にある陽子と中性子の結合を解放したものが、核エネルギーです。物質を最少単位まで分解すると、物質であって、物質ではない素粒子になる。つまり、この宇宙というものは、物質であって物質でないエネルギーなのです。これはすでに物理学によって解明された事実です」

「エネルギーは、ひとつなんですか？」

「おおもとは、ひとつです」

「実感がわきませんよね」

「今どきはみんな、気だの、オーラだのと霊的なエネルギーの存在を認めてそれを職業とする人も多い。羽鳥さん自身も、霊的なエネルギーを受けとって小説を書いているじゃないですか」

「わたしがですか？」

「創造にはエネルギーが必要だ。あなたは自覚していないかもしれないが、あなたの最初の小説は、お兄さんの死によってチャクラが覚醒し描かれたものでしょう」

ちょっと待ってよ。

「題材にはしていますけれど、覚醒した覚えはありません」

「エネルギーがなくて、いきなり本が売れるなんてことは起こり得ないんですよ」

こういう断言の仕方が苦手なんだ。

「だから、そのエネルギーの正体はなんですか？」

「エネルギーはエネルギーです。いのち、魂、プラーナ、いろいろな言い方をされますがことばを超えたものです」

「小説を書く前も今も、私は私ですよ」

ハハ、と小さく笑うと藤川は、急に話題を変えた。

「仏教に、死体を観想する、という修行があるんです。死体をじっと見つめ続ける。死体が腐って蛆虫に食われ、どろどろに溶けていくのを観想して諸行無常を知るんです。羽鳥さんは、それに似た体験をしたことがおありでしょう」

ぎゅーんと記憶が巻き戻されて、腐乱した兄の死臭がぬるっと鼻から入ってきた。感覚として死臭を思い出したのは久しぶりで口の中に酸っぱい唾液があふれてくる。

「兄のことを知っているんですか？」

「あなたの小説を読みました」

「あれはフィクションです」

「事実にもとづいています。あなたのお兄さんは亡くなる前に幽体離脱を繰り返しながら、この世界について思索していました。そして、エネルギーは不変だと知り、安心して亡くなったのです」

またそんな、見てきたようなことを。

「だったら、この辺りにも、兄のエネルギーってのが充満してるってわけですか」

指で空中を指す私に、藤川は頷く。

「麻原はそのエネルギーをつかまえて他人に注入していたわけ？　どうやって？」

「意識の力です。意識もエネルギーですから」

なによそれ、やっぱりインチキじゃないの。

「なんでもかんでもエネルギーなのね」

「そうです、宇宙はエネルギーでできています。エネルギーは宇宙に遍在しています。誰でも扱えます」

「誰でも？」

「性格、品性、体形、氏素性（うじすじょう）に関係なく、誰でもです。神聖であろうと、俗悪であろうと使えます。チャクラを解放する時に生じる神秘的な体験は、身体がエネルギーに適応するプロセスなのです。生理現象のようなものです」

「それが使えたらすばらしいじゃない」

「そうとばかりも言えません。デメリットもたくさんあります。まだ人間が扱うには大きすぎるエネルギーなんです」

「核のように？」

「そうです」

「麻原はそのエネルギーを手にした？」

「そして、破滅しました」

「このエネルギーを扱うためには、高度な意識が必要だからです。明晰で、欲望を抑制できる意識、ブッダはそれを伝えようとしたのです」

「なぜ？」

「麻原はヨーガで覚醒して超能力を手に入れたの？」

「瞑想によって感覚器官が過敏になり、魔境に入ったんでしょう。麻原には彼を指導するグルがいませんでした。だから自らの魔境に呑み込まれたのです。でも、それは麻原一人の問題ではありません。エネルギー的にはすべての人間が繋がっているのだから、無関係という関係はありえないのです」

エネルギー的に、というのが私にはどうしても納得がいかない。

「私が聞きたいのは、麻原にほんとうに超能力があったかどうか、ってことよ。Yさんはなかったと言うの。でも、だったらあんなにたくさんの人が騙されるかしら？」

「羽鳥さんは頭で考えて分析をしようとしている。シンキングを始めたらもう二元の世界です。いま、あなたは麻原を否定したいと思いながらどんどん近づいている。つまりダブルバインドの状態にいる。そのようにして人は自己矛盾に陥りながら他者の妄想の裡に入っていくのです。自らの意思によってね」

「考えを捨てろということですか？」

「考えを捨てるという考えを持っていたら、もう考えている。そこがポイントです」

どこまで理屈っぽいの。うんざりだ。

「羽鳥さん、この問題に関わるには忍耐がいります。逆方向に同時に力が働いているわけですからね」

「藤川さんには、できるんですか？」

「なにがですか？」

「考えないことが」

「ですから、考えないというのは、する、ことではないんですよ」

Yの顔が見えた。迫ってくる。ギシッと天井が鳴る。梁からぶら下がった扇風機のプロペラがゆっくりと回っている。天窓をよぎり、大室山に向かってカラスが飛んでいった。黒い影がざわざわと揺れる山肌に呑み込まれていく。

「あの山、生きているみたい」

風に波打つ草の動きを見ているうちに、ひどくだるい心地になってきた。高原の風に冷えたのか。山が、帰れと言っている。帰れ、帰れ、帰依せよ。立ち上がり礼を言って、いとまごいをしようとすると、藤川が近づいて来た。

「羽鳥さんは、あまりオウム真理教に深入りをしないほうがいいかもしれません」

彼は私の両肩に手を置いた。

「なぜ、ですか?」

「取り込まれます」

## 27

私が、生身の麻原彰晃を見たのは、一度きり。

遠藤誠一の公判に、麻原が証人として出廷した時だ。まだYと出会う前のこと。出版社が傍聴券を取ってくれると言うのでやじ馬根性で出かけた。本が売れたおかげで、いろんな体験をさせてもらった。お膳立てがなければ、裁判所なんていうめんどうくさい場所へ、ノンポリの私が行くはずもなかった。

法廷に現われた麻原は灰色のスウェットの上下を着ていた。髪はぼさぼさで見るからにむさくるしかった。法廷は思ったより狭くて、傍聴席の周りを警護の警官が取り囲み重苦しい空気。

すでに、まともな証言が出来なくなっていた麻原は、ぶつぶつと意味不明の妄言を呟き、裁判を妨害しては判事から注意を受けていた。その様子が、嘘っぽくて気持ちが悪かった。ときに英語を呟くのだけれど、この英語が幼稚で聞いていて恥ずかしくてたまらない。あんなの、詐病に決まっていると思った。

でも、どうして、英語なのかしら。法廷での麻原はアメリカ人に言い訳をしているみたいに見えた。教団の末期、麻原はアメリカから毒ガス攻撃を受けていると盲信していた。なぜ、彼はアメリカを怖れたのかしら。

「Yさん、麻原はどうしてアメリカから毒ガス攻撃を受けていると妄想していたのでしょう。元オウム信者の人たちは本気でそれを信じていたのですか？」

「その件に関しては、私には理由がわかりません。信者のなかには毒ガスによる体調の悪化を訴える者もいました。しかし、アメリカから攻撃を受けていたとは考え難いです」

麻原とアメリカの関連について考えていたとき、アメリカ人精神科医ロバート・J・リフトンがオウム事件に関する本を書いていることを知った。

リフトンといえば、広島の被爆者の証言を聞き取りし、原爆が人間の精神にどのような影響を与えたかを調査したことで有名な学者。著書の『死の内の生命　ヒロシマの生存者』（朝日新聞社）は、科学者らしい冷静さで被爆者の内面に迫っている。

戦後からずっと被爆国日本のメンタリティ、特に死生観に興味を持っていたリフトンは、地下鉄サリン事件が起きるといち早く調査を開始、二〇〇〇年には元オウム信者の証言をもとに『終末と救済の幻想　オウム真理教とは何か』（岩波書店）を出版していた。ナチス・ドイツや原爆を研究テーマとしてきたリフトンが、オウム真理教事件を人類史的な問題のひとつとして位置づけていたことが興味深かった。

《オウムとその世界終末的な感性に関して言えば、日本の核の遺産が大衆文化の未来モノの領域を満たすようになったあり方は、決定的に重要だった。》

ここにも、オウムと核を、つなげている人がいた。

リフトンは、戦後に制作され、大ヒットした日本映画「ゴジラ」を取り上げ、怪獣ゴジラは日本人が核の恐怖を娯楽に変換するために創造したファンタジーだと論じた。ゴジラとオウム真理教を結びつけた米国人精神科医の視点に、私は強く惹かれた。

「Yさん。面白い本を発見しました。ロバート・リフトンという学者が書いたオウム真理教に関する本です。ぜひこの本を読んで感想を聞かせて下さい。

リフトンの言い分を私なりに要約するとね、世界で初めて原爆を体験した日本人は、核への恐怖と不安を無意識下に抑圧しているらしいの。戦後に大ヒットした映画『ゴジラ』、あれは核への恐怖の象徴で、日本人が体験した世界崩壊の恐怖を空想世界へ持ち込んで発散させたから、あんなに大ウケした、というのよ。

考えたこともなかった。でも、ゴジラが今もこんなに愛され続けているのって、なぜだと思う？　日本人は原爆によって物理的にも精神的にも世界崩壊を体験した。その恐怖は、敗戦の混乱の中で抑圧された。私達は直接戦争を知らないけれど、世界崩壊の恐怖は潜在化している。だから、戦後世代の我々は世界が崩壊するイメージをアニメや映画で繰り返し再現してしまうんじゃないかしら。

麻原が妄想的にアメリカを怖れ、裁判で英語の弁明をするのも、私たち世代に内在している核への怖れのせいかもしれない」

麻原と、原爆と、ゴジラ。

三つのイメージが頭のなかでぐにゃぐにゃと融合していった。それらがひとつの考えとして形をもち始めたのは、民俗学者・赤坂憲雄氏の著書『ゴジラとナウシカ　海の彼方より訪れしものたち』（イースト・プレス）を手にした時だった。

本の冒頭での赤坂氏の一撃にがつんときた。

《人間こそが一番の怪獣だ。人間ほどに愚かで凶暴な怪獣はきっと、この世に存在し

ない。怪獣は海の彼方から訪れるモノであると同時に、わたしたち自身の存在の深みからやって来るモノであるといってもいい。》

本書もまた「ゴジラ」を太平洋戦争で死んだ兵士たちの鎮魂獣として位置づけていた。リフトンが「日本人の核への不安」を顕在化させた、としたのに対して、赤坂氏は「鎮魂」という言葉をゴジラに重ねた。

赤坂氏のゴジラ説はリフトンよりもずっと共感できた。無痛症だった体にやっと痛みが甦ったような、そんな感覚。

戦争を知らない私たちに初めて「核の痛み」を教えてくれたのが、「ゴジラ」と「風の谷のナウシカ」かも。

Yからの返事は、来なかった。

興奮した私はさらに手紙を書いた。

「Yさん。またしてもすごい発見をしました。二冊目の本をお送りします。これもぜひ読んでね。ゴジラと風の谷のナウシカに関する本です。

『風の谷のナウシカ』は一九八四年に公開されたアニメ映画です。Yさんは観ていますか？　核戦争後の汚染された地球に生き残った人類の物語。この本を読んで、自分がなぜ主人公の少女、ナウシカに共感したのかわかりました。このアニメは、原爆による崩壊の後に生まれ、原子力と共に育った戦後世代のためのファンタジーだったんです。『風の谷のナウシカ』の原作マンガを送ります。まさにオウム世代のために描かれた作品ですよ。

それから、すごい、シンクロニシティがあったの。

カール・グスタフ・ユングは、もちろんご存じですよね。フロイトの弟子で、心霊現象やＵＦＯの研究までしていたスイスの精神科医です。ユングの晩年の著作『人間と象徴』上巻のなかに『ゴジラ』の写真が載っていたの。

ユングも『ゴジラ』の存在の意味を知っていたのです。あの『ゴジラ』が、人間の心の深みから現われた怪物だと。

私は、確信しました。

麻原彰晃は、ゴジラだったんです」

28

次回は、麻原のことを聞かせてください。

そう手紙を送って、東京拘置所に向かった。

Ｙが積極的に麻原彰晃について語ったことは一度もない。名前すら、口にするのをためらい、Aと呼んでいるのだから。

でも、麻原を知るためには、申し訳ないけれど、Yの記憶から麻原彰晃を引っ張り出すしかなかった。

その日のYは、むっつりと気乗りしない風だったけれど、質問には誠実に答えてくれた。

「Yさんは、麻原を、尊敬していた？」

「難しい質問ですね。……まあ、してはいました。一連の犯行も、側近の弟子たちとAの関係性の歪みが引き起こしたものだと感じていましたから」

「関係性の歪み？」

「どう言ったらいいのかな。弟子たちはAが望むことを察知して報告しようとするので、それをAが真に受けていくというか……。そういう場の雰囲気がありました。早くAがそのことに気づいてくれたらと思っていました」

「サリンを撒いた後も」

「……そうですね、撒いた後も」

「また同じことの繰り返しになるけれど、Yさんは麻原に批判的だったのに、どうして、そこまで麻原を信じたの？」

「そこが、自分でもほんとうに煮え切らないというか、なんというか。ずっと、信じたい気持ちと、疑いとの間で揺れつづけていたような感じなんです」

「麻原のために、死んでもいいと思っていた？」

「……それは前提条件によります。死ぬ理由に意味があり、納得できるものであれば、受け入れますが、もしいかなるときでも自分に従えと言われたら、答えはノーです。Aは時々『私のために死ねるか？』と、弟子に訊ねていました。まさかほんとうに死ねと言われるとは思わないですから、弟子はみんな『はい』って答えますよね。そうすると、すごく嬉しそうでした。『おい、聞いたか』って周りの弟子たちに自慢げに目配せして、それを見たとき、あんがいと自信がないのかなあ、なんて思っていました」

「井上や、村井もそうなの？」

「彼らも、隠れてずいぶんとAに嘘をついたりしていましたから。本気で命を差し出すつもりはなかったと思うんです。もちろん本人たちは否定するかもしれませんが」

　私は質問を変えた。

「Yさん、ゴジラを観たことがある？」

「映画は観たかなあ……。知ってはいますが」

　刑務官が時計ばかり見るので、私は焦っていた。

「似ていないかな?」

「なにがですか?」

「ゴジラと、麻原彰晃。私ね、麻原彰晃って、もしかしたら、不知火の海からやって来たゴジラなんじゃないかって思ったの。ほら。語呂も似ているでしょう、ゴジラ、モスラ、アサハラ」

　Yは無表情のまま、しばらく無言だった。

「そういえば、藤原新也さんが『黄泉の犬』という本の中で、麻原と水俣病の関係に触れていたのを読んだことがあります」

「私が言っているのは、そんな直接的なことじゃないの。現実に、麻原が水俣病だったかどうかではなく、麻原が、あの時代に熊本県八代市に生まれたことの共時的な意味について話をしているの」

「……」

「日本の経済成長のために水俣病は隠蔽された。そのせいで不知火湾が広域に毒で汚染されて戦後最大の公害事件となった。その汚染された海の地に麻原は生まれたの。ゴジラみたいに。それに、私、もっとすごいことを発見したの」

「発見?」

「そうよ。驚かないで。麻原彰晃の生まれた日は、3月2日、地下鉄サリン事件は3

月20日、ニューヨークのテロ事件は9月11日、そして、東日本大震災は、3月11日」

「それは、どういう関係があるのですか？」

「全部、2よ！　ほら、1と1を足したら2でしょ」

「だから？」

「つまりね。物事はみんなつながり合っているの。そんな気がしてきたの」

「それと、ゴジラや水俣はどう関係するんですか？」

「うまく説明できないけれど、オウム真理教事件は、この国の歴史的なカルマじゃないかって思ったの」

Yは、急に真剣な顔で言い訳を始めた。

「羽鳥さん、これまで私が教団について語ったことは私の個人的な意見に過ぎません。もしなにかあなたに誤解を与えてしまったら申し訳ありません。どうかすべて忘れてください。ゴジラのことも、水俣のことも、私はよくわかりませんが、どれもオウムとは無関係だと思います」

Yが、そう言うとは思っていた。Yは非現実的な話はしない。

「オウム真理教は、抑圧された日本人の無意識から生まれてきたの。怪獣ゴジラみたいに。あなたはそこに巻き込まれたのよ」

「説としては面白いですが、それでなにかが解決するとは思えません。被害者の方の心情を逆なでするだけです」

「……確かにそうね。……ごめんなさい」

刑務官が「時間だ」と立ち上がった。Yが急に私の方へ身を乗り出したものだから、刑務官が慌てて制する。それでもYは、私の顔を覗き込んで言った。

「羽鳥さん、大丈夫ですか？」

「なにが？」

「いや、ちょっと心配になったものだから。もう教団のことには深入りしないでください」

私は笑って手を振った。

「大丈夫よ。麻原はこの拘置所の中にいる。もう二度と外に出て来ることはないんだから」

## 29

「アサハラ」は、人間の潜在意識にある神話的な元型。どうして誰もこの点を指摘しないのかしら。

太平洋戦争に突き進んだ軍部とオウムはそっくりだ。嘘と盲信、そして破滅。歴史の中に村井秀夫や、林郁夫のアバターが見える。終点のない闘いに無計画に突き進み、教条主義に陥り殺人を肯定する姿は新実智光や井上嘉浩と通じる。

かつて大日本帝国が犯した愚行を、オウム真理教はそっくり再現して見せてくれた。

そういう考え方は間違いなの？

過去を葬り祈る術すら失った戦後世代の、暗い心の深みから現われたものが、怪獣アサハラとオウム真理教だとしたら、オウム真理教は、ゴジラやナウシカと同じように、潜在化した大衆の不安から創造され、大衆によって消費されたのではないかしら。

奇しくも、ナウシカが命がけで鎮めようとした生物の名は？

オーム！

いつしか私は、非日常的な物語世界に迷い込んでいた。

ゴジラと風の谷のナウシカ、二つの映画の封切り日の符合に気づいたのが、本格的な発病の始まりだった。

ゴジラ　一九五四年11月3日封切り

風の谷のナウシカ　一九八四年3月11日封切り

11と3の組み合わせが、互い違いになっている。

3・11に東日本大震災があり、それに伴い福島第一原発事故が起こったのは単なる偶然なのだろうか。

## 30

麻原彰晃、本名・松本智津夫は一九五五年、熊本県八代の畳職人の家に生まれた。生まれつき左目の視力が弱く視野狭窄だった。家が貧しかったために、小学校一年の時に口減らしとして熊本市内の盲学校に入れられる。盲目の集団の中で、視力があったのは麻原一人。

卒業後に麻原が東京を目指したのは、東大に入学し、総理大臣になるためだった。医者になるという野望もあったらしい。予備校に通うが受験を断念。

詐欺まがいの健康食品を売っていた麻原が変貌を遂げるのは、ヨーガと出会ってから。ヨーガに興味をもった麻原は本をもとに独自の修行を始め、次第に生活態度や言葉づかいまでも落ち着いていく。オウム真理教の前身、オウム神仙の会時代は、弟子と師という格差は少なく、ヨーガを共に修行する仲間意識が強かったという。

麻原はヨーガを通して急速に自己変革を行っていく。修行には真摯に取り組んだ(家族や信者の証言からも、かなり厳しい修行をしていたことが窺える)。現世利益と精神論は常にぶつかりあいながら、麻原のなかに共存していたと思われる。

教団の拡大とともに視力を完全に失うも、ついに日本の象徴とも言える霊峰富士の山麓に教団の総本部を設立。宗教法人オウム真理教は順風満帆で信徒を増やした。では、怪獣ゴジラは、南太平洋の水爆実験で放出された核エネルギーによって巨大化した。怪獣アサハラを巨大化させた「エネルギー」は？

クンダリニーのエネルギーだ。

麻原はクンダリニーという霊的エネルギーを大衆に解放することで巨大化したんだ。アサハラ＝ゴジラ。私はこの思いつきに魅了され、爆発する思考の連鎖を止められなくなった。とはいえ、いくら私が「アサハラはゴジラだ」と、力説しても、真面目に聞いてくれる者は誰もいない。

Yですら鼻白むのだからどうしようもない。「羽鳥さん、もう止めてください。そういうことは、もっと冷静にならないと……」と、諭(さと)された。

現実と非現実の間を行ったり来たりしているうちに、やっと、私の話に興味をもってくれる人が現われた。

元オウム信者の木田智子(きだともこ)さん。

熱心な修行者だった木田さんは、教団を脱会した後も「オウム真理教とは何だったのか？」と問い続けていた。

教団の会報誌の編集に携わっていた木田さんは、オウムの内情に詳しく、麻原とも近かった。教団の歴史的経緯を把握している彼女は、オウムの謎を解くための強力な助っ人となった。

一口に信者と言っても、会ってみれば千差万別。それぞれのフィルターでオウム真理教を見ており、現実が信者の数だけパラレルに存在するような不思議な感覚になる。木田さんのオウム観は私と似ていた。カール・G・ユングを信奉している木田さんは、事象に現われる無意味な偶然を無意識の象徴として読み解いていくことに、私以上に情熱を持ってくれた。

「気の狂った教祖が、馬鹿な弟子たちを集めてマインド・コントロールによって罪を犯させた。そんな説明で、あの事件を終わらせたくないんです」

木田さんは、そう言った。

オウム事件の背後には、人類に共通する神話的な世界がある。きっとそれが、私が探していた沼だ。信者たちは、沼の底から湧き上がる元型的な力、イメージの力に突き動かされ、沼に呑み込まれていった。そう考えれば、Yの矛盾した行動も説明できそうな気がした。

「もし、教団の起こした事件が、人類になにかを示すために起こったとしたら、何を伝えようとしたのかを解明したいです」

と木田さんは言う。

「まあ、元信者としてそう思いたいだけなのかもしれませんけれど、今の私の希望はそこにしかないから」

彼女が「希望」という言葉を使ったことが新鮮だった。

「だって、いまのままでは事件に関与した弟子たちも、巻き込まれて亡くなった方たちも、救われません。どこにも救いがありません」

救い。確かに、救いが必要かも。でも……。

九五年の地下鉄サリン事件当時、木田さんは教団にいた。

事件のことはまったく知らないと言う。凶悪な事件に教団が関与していたなど、想像すらしなかったそうだ。

「そもそも、私たちのやることは計画性がなく、子どもじみていて間抜けでしたから、あんな毒物が作れるなんてありえないと思っていました」

「つまり信者の方たちにとって教団は、子どものままで暮らせるネバーランドだったってことですか？」

「そういう言い方もできますね。一般社会の常識に従って生きる必要がないわけですから。教団ではなんでも自分たちで作りました。ちょっと不格好でも、素人が集まってわいわいやっているのが楽しかったんです」

ずっとYの話しか聞いてこなかった私にとって、木田さんが語るオウム真理教は別世界。毎日がアトラクション。毎日が、文化祭。

木田さんと、Yでは、見ている景色が違う。同じ時期に同じ場所に居たのに、どうしてこんなに話が食い違うのか。私は同性の木田さんにシンパシーを感じ、彼女が体験したオウム真理教を知りたいと思った。

31

「第二次世界大戦が始まった頃に、ユングはナチスの台頭を指して『ドイツにヴォータンが目覚めた』と言っているんです。ヴォータンとは北欧神話の主神オーディンのドイツ語読みです。羽鳥さんは、オーディンを、ご存じですか?」

オウム真理教をめぐる一連の出来事の背後には、第二次世界大戦でヒトラーとドイツ国民を突き動かしたような、集合的無意識の力が働いている、と木田さんは言う。

「オーディンって、初めて聞いた名よ」

「だったらますますおもしろいですね。羽鳥さんは、最近、文芸誌に連載を始めましたね。確か、そのタイトルは『逆さに吊るされた男』ではありませんか?」

そう。私はついにオウム真理教について執筆を始めた。書かずにはいられなくなったのだ。そのタイトルは『逆さに吊るされた男』。死んだ兄とY。二人のイメージが重なって浮かんだタイトル。

「羽鳥さんは、すでに元型的な物語の力に巻き込まれているんです。だって『逆さに吊るされた男』こそオーディンなのですから」

「どういうこと?」

電話をしながらデスクの上のパソコンでオーディンを検索する。画面に現われたのは「アサハラ」。

「オーディンは片目の神。長い髭をもっています。風貌が、教祖と実によく似ているでしょう。オーディンは知識と魔術の神で、自分を最高神オーディンに捧げた、つまり、自分自身に自分を捧げたのです」

麻原が発狂したのは、自分に自分を捧げるためだったのか?

「オーディン神に捧げる犠牲は縄をかけて木に吊るし槍(やり)で貫くんです。タロットカードの絵札十二番はオーディンの象徴と言われています」

逆さに吊るされた男。

このタイトルを思いついたとき、私の手の中にあったのはマルセイユ版のタロットカード、絵札の十二番。この絵札を見ながら、私はYのことを考えていた。この男はYに似ているな、ちょっと淋しげで、飄々(ひょうひょう)としたところがそっくりだ、と。

「吊るされた男」はとても奇妙な図柄のカードだ。

カードの両端の二本の木は絞首台の柱になっている。間に吊るされているのは青い服の男。片足が紐で括られている。手は後ろで縛られて身動きできない。

このまま吊るされていたら、男はそのうち死ぬだろう。なのに、男はどこか楽しげ。まるで、自らが望んで吊るされているかのように。

「オーディンはルーン文字の秘密を知るために、世界を司る巨大な木、宇宙樹に自らを吊るして捧げたのです。破壊と創造。とても元型的な存在です。オーディンが現われる時、戦争と破壊が起こる。水曜日はオーディンの日とされる。ちなみに、麻原が生まれたのは一九五五年三月二日水曜日です」


三年で解脱できるなら挑戦してみたい、そう思って出家したと言う木田さんは、Yとは異なる女性的な直感力でものを言う。

私はYを通しては触れることのできなかった、オウム真理教の神秘の側面に触れて胸が躍った。木田さんという味方を得た私は、過去のデータをひっくり返し、虫眼鏡でサインを探し始めた。いつしか私たちの直感は響き合い、相乗効果で次々と共時的な現象が起こり始めた。現実生活に神秘が侵入してくる。その体験は強烈だった。

「麻原の出生地を詳しく調べたわ。一九五四年、つまり麻原が生まれる前年に八代市に編入され地名が変わっているの。まるで隠されたみたいにね。元の地名は、八代郡金剛村（こんごうそん）だった」

「出来すぎていますね。怖いくらい」

金剛とは密教の別名。金剛は、宗教家としての麻原の到達点でもある。その麻原が生まれたのは金剛村。麻原が通った小学校は金剛小学校。

インスピレーションが常に正しいとは限らない。人は誰しも見たいように世界をねじ曲げる。宝探しに足を突っ込んだとたん直感の海に沈んだ。難破船から現われてきたのは、無意味な偶然。言葉の符合。繰り返される数字。そんなものに価値があるのかないのかわからない。でも、なにかが透けて見える。見えるような気がした。

金剛村に触発された私たちは、アサハラが出現した時空間を追った。

オウムを象徴するのは、富士山麓上九一色村の教団施設群。

この場所の正確な地名は山梨県西八代郡上九一色村。なんと、ここにも八代の名が。アサハラは、熊本県八代の海からやって来て再び富士の八代に降りたのか。

「これも出来過ぎている」と私たちは笑った。

一方、「富士山の噴火を鎮めるために富士山に道場を建てよ」というシヴァ大神のお告げによって建立された富士道場があったのは、静岡県富士宮（ふじのみや）市人穴（ひとあな）。「人穴」という地名もなんともおどろおどろしい。

「富士道場が開かれた時、チベット密教カギュ派総帥であったカル・リンポチェが祝福に訪れているんです。この時期、オウムはチベット密教の流れを受けていました。祝福は、密教にとって特別なもの。富士道場は間違いなく金剛経の祝福を受けて始まったんです。思えば、オウムの犯罪行為はほとんど、富士道場へ移転後に起こっています。日本人の霊性の象徴である富士山は、誰もが認めるパワースポット。富士山に移転したことでエネルギーが高まったんだと思います」

八八年、富士道場完成、さらなる信者数の増大。教団は破竹(はちく)の勢いで伸びていた。麻原は「タントラ・ヴァジラヤーナでいく」と宣言。たとえ自らが地獄に堕ちても他者救済を目指せ、と説く。「地獄へ堕ちるような悪事に手を染めても」と。

「タントラ・ヴァジラヤーナというのは麻原の造語なの？」

「はい。仏教にはそういうタームはありません」

「あの人、ネーミングがうまいわよね」

修行が過激化するなか、同年九月二十二日に在家信者が修行中に死亡。麻原は教団の保身のため死亡を隠蔽し遺体焼却を指示。この出来事が、後に麻原のカルマとなっていく。

「この死亡隠蔽が、教団のターニングポイントね」

「そうです。この時に隠さなければ、次の殺人は起きなかった」

修行が激しくなれば事故の確率も上がる。警察に届けていれば、翌年、隠蔽事故を通報しようとした信者へのリンチ事件は避けられた。遺体遺棄を隠すために麻原は信者の殺害を指示。それによって教団内部に不安と亀裂が広がっていく。

この危うい時期に、Yは、オウムに出家をしたのだ。

「オウムは2という数字と、つながりがあります」

木田さんは、最初の死亡隠蔽事件が起こった二十二日という日付に注目していた。

「麻原彰晃の誕生日は三月二日、地下鉄サリン事件は三月二十日、2という数字はオウムに繰り返し現われて来るんです」

「私もそこに注目していたの。富士山もかつては不二山と呼ばれていたわね。でも、2って、どういう意味があるのかしら?」

「二元性の否定……。これは、二〇〇一年の9・11とも二〇一一年の3・11とも関わって来ます。なぜ11日なのか?」

「それがわからない。木田さんはどう思う?」

「並ぶ二つの1は二元的な対立世界の象徴でしょう。オウム真理教はもともと、この世界の二元性を否定するために生まれたのです。大いなる一の世界があることを思いださせるために」

「すべてはエネルギー、ということと同じね」

「おおもとはひとつ」藤川の言葉が蘇る。

私は自分の直感にますます自信を得た。

「麻原彰晃は、日本の暗部を背負った神話的存在『怪獣アサハラ』として、信者と大衆によって創造されたのよ」

私の話を、Yは真っ向から否定した。

「羽鳥さん、今にして思えばですが、Aには超能力のような特別な力は何もなかったです。当事者の私が言うのですから間違いありません、羽鳥さんはAを誤解しています」

Yの手紙には、繰り返し、そう書かれていた。

## 32

道路沿いに、遅咲きの八重桜が咲いていた。

連休前の平日で対向車の影もない。富士宮の市街地を過ぎると、広がる原野。コンビニもない、レストランもない。途中でお茶でも、と思ったが、立ち寄れるような店がなかった。

「ああここ、よく通ったわ」

教団を脱会してから、教団施設群のあったこの一帯に来るのは初めてという木田さんは、慎重に二十年前の記憶をたどっていた。かつては教団の世田谷支部と富士山麓を車で行き来するのが日常だったとか。

「たぶん、富士道場はこっちのはずだけど……」と、カーナビに目をこらし目印を探している。

「私はニューナルコのせいで、記憶がまだらになっているんです」

教団は警察の強制捜査を警戒するようになった一九九四年ころから、修行と称して信者に電気ショックと薬物を投与し、記憶を消そうとした。その儀式はニューナルコと呼ばれ、木田さんは後遺症からか、どうしても思い出せない記憶の空白があるという。信者によっては数回も、この記憶消去が繰り返されたと聞く。

「すごく仲の良かった同級生の記憶がまったく消えていて困りました。他の子は覚えているのに、その子だけ記憶に存在しないんです」

木田さんは、教団に対して怒っているふうでもない。

「私の記憶はあてにならないところがあるから」と、あっさり言う。

「記憶を消されて教団への怒りはないの？」

「怒りというのはないです」

彼女は怒りや憎しみなどのネガティブな感情を、他者にぶつけることをしない。そこがYと似ている。「身・口・意」の悪を戒める生活態度は、オウムの修行時代に培ったものだろうか。人の噂話や愚痴を慎しむ木田さんは、Yと同じくつきあいやすい人だった。


「富士山の麓のオウム施設に行ったことはありますか？」と木田さんから聞かれた時、つい、ある、と答えそうになって、慌てて「実はまだ、ないのよ」と首を振った。

「十年近くYさんと関わっているのに、現地に行ったことがないなんて意外です」

「あまり、そこに興味が向いていなかったからなあ」

散々、テレビで観たものだから行ったような気分になっていた。事件から二十年近く経った教団施設に、いまさら行ってどうなるのか。

「でも羽鳥さんは、あの場所の空気感を知っておいたほうがいいと思います」

彼女は自ら車を出して、案内役を買って出てくれた。

「脱会してからいろいろ考えましたが、富士山麓に移ってからのオウムの活動は、日本人の深層と連動しているのではないか、と私は思っているんです。もちろん、よほど掘り下げなければその全体像は見えてこないでしょうけれど……」

「そうは言っても、もういまは更地でしょう？」

「大丈夫、サティアンは消えても、富士山はありますから」

なぜか自信ありげ。黙々と車を走らせる。

道路沿いにさびれた店舗を見つけた彼女は、その駐車場にバックで車を止めた。

「あ、この場所」

「ここに農協の販売所があったんです、道路を挟んで真ん前が、富士山総本部。二階が富士道場で、道路側に窓がありました。ちょうどこの真正面です」

殺風景な空き地だった。店舗は閉まっていた。営業しているのかどうかもわからない。

「へえ。道場ってこんなに道路に面した場所だったの？　もっと森の中のような印象があったわ」

「間違いないです、あそこに、富士山総本部の建物がありました」

彼女の指差した先には、焦げ茶色の平べったい建造物があった。モダンなデザインでまだ新しい。車を降りて、その建物に添って歩道を歩きながら、木田さんは記憶をたどる。

「この道路に面して壁でした。このあたりにゲート。脇に人がやっと一人入れるくらいの警備ボックス。奥に入ると右手は舗装されていないぬかるみの駐車場、そう、この先が第一サティアンだった」

　そう言って、立ち止まった建物の案内板に「盲導犬の里・富士ハーネス」とある。思わず顔を見合わせた。かつてこの場所にいた教祖は視覚障害者。すでに、アサハラの物語に入ったんだ、と思った。

「盲導犬の里」の建物の奥には、訓練中の犬たちの犬小屋が並んでいた。庭は公園のように整備され遊歩道になっていた。さらに奥に進むと、木立の向こうに、ぬっと、富士山が現われた。

　思わず、立ち止まった。

「富士山が、あんなに近くに見える」

「そうです。私は、二十年前に、ここにいました」

　ぎろりと富士山に、見下ろされている気分。

「凄いわね、山に取り込まれそうだわ」

　木田さんは感慨深げに呟いた。

「ここにいた頃は、こんなふうに富士山を眺めたことはなかったです」

「どうして？」

「日々のワーク（奉仕活動）をこなすだけでへとへとでした。オウムではなにもかも自分たちで作り、自分たちでやらなければならなかったんです。その合間に修行をするわけですから、外の景色を楽しむとか、自然に親しむとか、そういう生活ではなかったです」

「あんまり富士山が近過ぎて、なんだか落ち着かないわね」

「そうですか？」

「存在感がありすぎて、山だと思えない。生き物みたい」

「パワー、感じるでしょう」

「うん。怖いほど」


「盲導犬の里」は内部を見学できた。入るとすぐ右手に「盲導犬の歴史」がパネルで展示されていた。

日本に盲導犬が初めて導入されたのは一九三九年。ドイツから輸入された四頭の盲導犬は、臨時東京第一陸軍病院内で育成されていたという。戦争によって失明した軍人たちの社会復帰の介助役として、陸軍が主体となって実用化を検討していたらしい。

白い布で目を覆った傷痍軍人と、盲導犬の写真があった。

三九年は、ドイツがポーランドに進攻し第二次世界大戦が始まった年だ。ナチスドイツの台頭でヴォータンが目覚め、第二次世界大戦に突入。殺戮と虐殺の暗い時代の始まりに、盲導犬は日本にやって来たのか。

「盲導犬が陸軍と関係しているのもサインね。オウム真理教には、軍閥の影を感じるから」

「羽鳥さんは、ずっと、そうおっしゃっていますね」

「似ているのよ。第二次世界大戦で軍人たちがやっていた間抜けな行為がオウム真理教とね。あの無計画さ。場当たり的な行動。現実感覚のなさ。人間を魚雷にして敵艦に突っ込ませるなんて、狂気の沙汰でしょう。それをエリート軍人たちが平然と指揮していたのよ」

「確かに、オウムもやることなすこと全部、幼稚でしたね。自作のおもちゃのような潜水艇に試乗して溺れそうになった人もいましたし」

「戦争末期になると、宇宙服みたいな潜水用具で海底に潜み、上陸してくるアメリカ兵を串刺しにしようって、そんなバカらしい作戦を本気で考えていた。その阿呆どもが政治を牛耳って、若者たちの命を虫けらみたいに殺した。ほんの七十数年前、最近のことよ」

「羽鳥さんのなかでは、オウムも、第二次世界大戦も、帝国軍部も同じフレームなんですね」

「男のやることは基本的に同じ。あの人たち、戦争好きで単純なの」

「女は違うんですか?」

「女は、男より現実的だから、物なんかムダに壊さないわよ」

木田さんは、可笑しそうに言った。

「確かに」

建物の外に出ると、そこに、富士山がいる。

「見られているみたいで、落ち着かないわ」

富士山を気持ち悪いと思ったのは初めてだった。この場所から見える富士山は、うずくまった巨人のようで怖い。

「麻原は、この富士山と同一化したのかも」

「そう思います。富士山はピラミッドですから。彼は、最終解脱を宣言したあと、エジプト旅行に行くんですよ。古代エジプトにはクンダリニー文明があった、と言っていました」

「ピラミッドってそもそもなんなの？」

「わかりやすく言うなら、中心です。神道なら天照大神、密教で言うなら大日如来でしょうか」

ここから見える富士山は、とりわけきれいな円錐形をしていた。

## 33

木田さんの提案で、「人穴洞穴」に向かう。

「富士山総本部の住所は『富士宮市人穴』です。この地名、すごく気になりませんか？」

人穴洞穴は富士山の噴火によってできた溶岩洞窟で、富士山総本部から車で十分ほどのところにある。

小さな小学校を通り過ぎると人穴浅間神社の鳥居があった。人穴洞穴は、この神社の中にあるらしい。車で鳥居をくぐり、神社の駐車場で降りて、立て看板を見ると「人穴富士講遺跡」とある。

参道を歩いていくと真新しい社があった。お参りをすませ、まず目を引いたのは「立ち入り禁止」という看板と通行を遮断するために張られたロープ。覗き込むと急な石段の先に黒い穴があった。

「あれが、人穴洞穴ですね、思ったより大きいなあ」

そう言うと木田さんは、躊躇なくロープをまたいで降りていく。私も慌てて後を追う。石段を降りるとふわりと冷気が漂ってきた。

洞穴の中は真っ暗で何も見えない。左手にお地蔵さまが祀ってあり蠟燭を灯したあとがある。

「ここは、いまでも信仰されているみたいね」

奥に何かありそうだが、たまり水があり、濡れた石がすべりやすい。屈まなければ頭をぶつける低い岩の天井。だが奥行きはあった。中にもたくさんの蠟燭の燃えかすが残っている。ペンライトで照らしてみると、奥まったところに祭壇があり、石碑のようなものが建っていた。

「なんの碑かしら」

ごつごつした洞窟の中をかがんで、奥を探ったが、暗くてなにも読めなかった。ぴとぴとと冷たい水が滴ってくる。

「なんだか気味が悪い、出ましょう」

洞窟を出るとまぶしくて目がくらんだ。

「木田さん、何か感じた？」

「感じませんよ、なにも」

「あなた成就者でしょう、何か感じてよ」

冗談を言いながら、来た道を戻って来ると角刈りの男性が伐採作業を始めた。チェーンソーの唸る音が耳に痛い。

「あの洞穴の奥に祀られているものは、なんなのですか？」

近寄って声をかけると、男性は作業を止めてからまった枝を振り払い、洞穴の方を見た。

「ありゃあ、角行（かくぎょう）さんですよ、長谷川角行というのは富士講の開祖で、一〇六歳で亡くなったそうです」

富士講の開祖。修験者（しゅげんじゃ）なのか。

「あの、洞穴で亡くなったのですか？」

「あそこで修行しながら入滅したそうです。富士講が盛んだった頃は、修行に籠る者もたくさんおったですよ」

いつの時代にも修行をしたい人はいるものだ。

男は、鳥居と向きあって置かれた古い石碑を指さして言った。

「ほら、この石碑に書いてあるでしょう、西方浄土……って。開祖入滅の地、ここら一帯が浄土なんです」

富士宮市人穴は、西方浄土。シャンバラ。だから麻原は、人穴に教団総本部を立てた？　いや。これも、単なる偶然か。

「向こうにある富士講遺跡には、富士山に登った人たちが記念に建てた石碑がたくさん並んでいますよ。ずいぶん古いものもある。江戸時代には宿場があって、この辺りは富士講の人たちでそりゃあ栄えていたんです」

富士講とは、富士山に登って富士山を拝む、いわば富士山を神聖視した民衆信仰。富士山に登るだけでなく、滝行や水行などの巡礼、洞穴での修行も盛んに行われていたという。

「人穴はどこかに通じているんですか？」

「江の島の洞窟と繋がっているって言われてますが、ほんとかどうかはわかりません」

私は小声で木田さんに言った。

「地下の洞穴で瞑想だなんて、まるで、アンダーグラウンド・サマディィね」

木田さんとYは、一九九三年、ほぼ同時期にこの修行を行っている。

「暗闇の中で光を見る。角行の修行はオウムとよく似ていますね」

「ようするにオウムのやっていたことは、ヨーガにしろ何にしろ、古いもののリメイクじゃないの」

「人間のやることってみんなそうだと思いませんか？」

二人で富士講遺跡を巡った。

十回、十五回、富士山に登った記念碑が、古びた墓石のように並んでいた。昔から富士山は聖地、自己の中心と見なされていたのだ。富士山に登頂し、ご来光を拝すことは魂の再生と浄化をもたらす。信仰を持たない現代人でさえ、人生の節目に富士山に登る人は多い。昇る太陽を見て古い自分と決別する。富士山と同一化して太陽からエネルギーをもらう。人間のやることは本質的に変わらない。

「人穴は、江の島に繋がっているというのも、意味ありですね。江の島の弁財天は盲目の守護神と言われていますから」

　木田さんはあきれるほど、何にでも詳しい。

「知らなかった」

「近代鍼灸の祖と言われる杉山和一（すぎやまわいち）が、江の島の弁財天を信仰していたのは有名なことですよ」

「なぜ、盲人の守護神なの？」

「それがよくわからないんです。でも和一は老齢になって弱っても江の島詣（もう）でを止めなかったそうです。信仰とは個人的なものですから、彼には彼の神が語りかけてきたのだと思います」

　盲導犬、富士講、人穴、江の島、盲人、麻原、なにもかもぜんぶが繋がっていそうでくらくらする。

「ま、難しく考えないでおきましょう。これは、いま私たちが見ている夢。そう思えばいいんです」

　夢か。実際、私はなぜ元オウム信者の木田さんと、二十年後のサティアン巡りなどしているのだろう。ほんとうに夢を見ている気がしてくる。

男が伐採を再開した。枝を切る甲高い音が響く。叫びを上げる木から血が噴き出してきそうだ。

「富士講の聖地が、なぜこんなにすたれてしまったんですか？」

男は「ああ」と、伐採を続けながら言った。

「明治政府になった時、これからは神道でお国をまとめるってんで、富士講は、お上から嫌われたんですわ。富士講の信者を国家神道に入れちまおうっていう動きもありました。そんなこともあってでしょうかね、ここらは太平洋戦争中に村ごと強制移住させられたんです」

「強制移住？」

「少年戦車兵学校の演習地にするっていうんでね。戦時中はこのあたり一帯、戦車が走り回っていたんですよ。戦時中は、そういうことはね、どこでもありました。戦後になってからようやく、人穴に神社を戻そうってことになって、今のお社を、新しく建てたんです」

だから、お社だけが新しかったのか。

礼を言い、駐車場に歩き出したとき、眩暈がして足が止まった。木田さんが先を行く。追おうとしても動けない。振り向くとチェーンソーを持った男が追ってくる。あれは、人を食う穴。名前の由来も、ごりごりした岩肌が人間の内臓に似ているからですよ、と笑う男の口の奥に、内臓へ続く暗い穴があり、ひからびた修験者が座っている。その顔が、麻原の顔になってかっと目を開いた。

私は頭を振り、慌てて駐車場に走った。

ドアを開け、運転席の木田さんの顔を見てほっとした。

「陸軍少年戦車兵学校です。YouTube に動画がありました。少年兵たち、南方戦線で相当亡くなっていますね」

戦時中のモノクロ動画。ナレーターが少年たちの勇気と献身を褒め称えている。まだ幼い少年たちが、整列し、上官の訓示を聞いている。

「ほら、ここ、同じ富士山が映っています」

演習地の総面積は三十万坪。延べにして四〇〇〇人の、十五歳〜十九歳の少年がこの地から南方戦線へ向かったとのこと。

戦陣の華永遠に栄え　いざ軍神に続かなん

天皇陛下の御真影に向かって礼拝する少年戦車兵たちの背後にも、グロテスクな富士山がいた。

34

道の駅にあるレストランで、遅い昼食をとった。

木田さんが、入信した当時のものだと、オウムの入会パンフレットを見せてくれた。なかなか立派な代物だった。オウム真理教最盛期の勢いが伝わってくる。信者時代、彼女も多くの若者を教団に勧誘したと言う。

「木田さんはどうして、事件が発覚したあとも教団に残って修行を続けたの？　教団を信じていたから？」

テーブルの上は前の人がこぼしたラーメンの汁で汚れていた。木田さんは、黙って、紙ナプキンで拭いた。

「もちろんオウムへの不信感はありました。事件の後、やっと生活が落ち着いてくると、私はいろいろな本を読んで、外の情報を取り入れるようになりました。オウムは、本当に真理だったのだろうか、と。当たり前ですよね。たくさんの人を殺したのですから」

あなたが殺したわけではない、と言おうとして止めた。そういう問題ではないのだ。

「オウム以外にはなにがあるのか。私は他の価値観を知りたいと思って、地球環境を守ることを訴える、ある団体の講演会に行ったんです。その団体の社会活動に魅力を感じたからです。大きな会場に、何百人もの聴衆が集まっていました。一〇〇〇人近かったかもしれません。リーダーの男性のお話はとても素晴らしいもので、地球というかけがえのない環境を守るためには、私たちの意識改革が必要なことをとてもわかりやすく伝えていました。まわりで聞いている観客も眼を輝かせながら頷いて、深く納得している様子でした。観客には若い人も少し年配の人もいました。女性が多かったかもしれません。観客の一人ひとりをそっと見渡しながら、私はこんなことを思ったのです。素晴らしい話。みんなも感動している。地球を、環境を守らなければというみんなの使命感に火がついているよう。でも、この会場を一歩出たらどうなんだろうか。家に帰って電気をつけて、冷たい飲み物を冷蔵庫から出して、テレビをつけて観るだろう。今日は素晴らしい話を聞いたわ。できるだけ節電しなきゃと」

「ふつうに社会生活をしていれば、そうだわね」

「もし、この問題にオウム的に取り組むとしたなら、帰ってすぐテレビを窓から放り投げさせるでしょう」

「なるほど……」

それがオウムなんです、と木田さんは呟く。

「オウムで修行をすると、すぐに食事も変わるし、テレビも新聞も雑誌も観なくなります。十戒を守ろうとしますし、過去の悪業を懺悔(ざんげ)したいとさえ思うのです。それと比べると、素晴らしい指導者がいて、意識改革の話をして、環境問題のガイダンスをしてくれても、あれでは実効性は限りなくゼロに近いように思われました。人の意識と生活を極端に変えてしまったオウムからすれば、なんにも変わらないに等しく見えるのです。それで、やはり人間が変わっていくには宗教しかないいんじゃないかと思ったのです」

なんてすばらしい。若ければ私も即、入信してしまいそう。

「オウム以外に、もっといろいろな宗教を知ってもいいんじゃないか、とも思いました。それで、どこに感動したのかもう忘れましたが、キリスト教の神父さんの本を読んで、八ヶ岳の麓に瞑想に行ってみることにしたのです。カソリックですが禅の瞑想を取り入れていました。この組み合わせは強力そうでしょう？　私は一泊ということでリトリートの小屋に滞在してみたのです。食事は大きな古い家の方でとることになっていました。荷物を置いてしばらく瞑想して、夕食に行きました。民家の居間に置かれた丸い飯台の上には、野菜中心の手作りのおかずが大皿に盛られて並んでいました。老シスターを囲んでみんな穏やかに話していました。私も座布団に座って、老シスターと何か有意義な話ができるかなと期待してシスターのほうを見たそのときです。ベールをかぶった老シスターが、夕暮れに灯された明かりに近寄ってくる小さな羽虫を、獲物を捕らえる猫のように目で追ったかと思うと、両手でパチンと叩いて殺したのです」

彼女は、ぱんと、目の前で両手を叩いてみせた。

「びっくりして一瞬心臓が凍りそうになりました。オウムに入ってから何年も、一度も目の前で小さな虫を殺す人を見たことがなかったのです。老シスターが一瞬のためらいもなく当たり前に、目の前に飛ぶ羽虫を目障(めざわ)りだと思って殺したことは本当にショックでした。それから私は、もうここから早く帰りたいと思いました。リトリート小屋に帰っても、瞑想どころか早く帰りたくてしかたがありませんでした。オウムでは殺生は最も重いカルマを積むことでした。本当にゴキブリも殺しませんでした。蚊が腕にとまれば、血を吸わせて腹がぱんぱんになるまでじっと見ていた人も多かった。私はかなり現実的な人間で、『小さな虫を殺す程度は人間が生きている以上は仕方がないこと』と内心思っていて、神経質なまでに虫の殺生を避ける人を、ちょっとうっとうしく感じていたタイプなのです。羽虫を殺したけれど人は殺していない老シスターと、ゴキブリを殺さなかったけれど人を殺したオウムと、いったいどこをどう比較検討した結果なのかはわかりませんが、私はとてもここにはいられないと思ったのです。おかしいでしょう。意味不明ですよね。でも、それから私は外になにかを求めることはきっぱりとやめて、オウムとはなんだったのだろうか、ということを追究してきました」

話を聞きながら、目の前を飛んでいるショウジョウバエを見ていた。この小さな虫を殺すことに、私はなんのためらいもない。そんなの、どっちでもいいじゃない。大した問題じゃない、蚊を殺すかどうかなんて、ほとんど趣味の問題。

そう、それが私なんだ、と思った。

「Yさんも同じ事を言っていたわ。知らないうちに殺人に加担してしまうのが嫌だったと。それなのに、加担どころか殺人者になってしまった、って。虫も殺さなかった信者が人を殺す。それはなぜだろう」

木田さんは、少し考えてから「ポア」と呟いた。

音が消えた。彼女の後ろの席にいた老人が振り返ってこちらを見た。老人は同じくらい年老いた犬を足下に連れていた。犬はひどい皮膚病で尻の毛が抜けていた。

「教祖は、エジプトのピラミッドをポア装置と言っていました。つまり、死んだ人間をよりよい魂として転生させるためのものだと。彼はそのピラミッドと同じ力が自分にはあると思っていたのだと思います。だから、最大の破戒である殺生も、魂の救済のために行うのであれば許されると」

「弟子たちは、麻原にその力があると信じていた？」

「グルは絶対ですから」

でも、グルにも、グルが必要ではないのかしら。

「ヴァジラヤーナは、グルと弟子の一対一の関係で成り立つ教えです。グルは、弟子の心に内在する煩悩を見抜き、その煩悩を現実的に突きつけるんです。いろんな状況を作り、繰り返し煩悩を突きつけることで、弟子がそれを理解し乗り越えていくように導くのです」

「それが、マハームドラー（空）の修行と言われていたものだよね」

「自分の心の深い部分に巣くう煩悩を乗り越えるのは、とても苦しいことです。だから、修行は思うように進みません。修行をすればするほど、修行をした、という自意識が、かえって傲慢やエゴを生むからです」

「修行すればするほど、エゴが強くなるってことね。でも、厳しい修行でエゴを落として、他者救済を目指すのがオウム真理教だったはず」

「マハーヤーナと呼ばれた大乗の救済まではそうでしたが、ヴァジラヤーナは違うんです。たとえ不殺生の戒律に背くことであっても、他者救済のために悪行のカルマを背負えというポアの教えです。そんなこと、マハーヤーナすら成就できない一般の信者には到底、ついて行けるものではありません」

番号が呼ばれたので、注文した天ぷらそばと親子丼をカウンターに取りに行く。安っぽいプラスチックの食器を見て木田さんが「オウムを思い出します」と笑った。

「でも、なぜそこまでして修行を？　何を望んでいたの？」

「オウムの信者は、みんな霊的なエネルギーが欲しかったんです。霊的なエネルギーを切望していました。オウム真理教は、ひたすら霊的なエネルギーを欲している者たちの集団だと言っていいくらいです。井上嘉浩さんなんて、すごかったですよ。修行のとき、お願いです、エネルギーを入れてください、って叫んでいました。それが、オウムなんです。オウムのことは霊的エネルギーのリアリティがないとわからないと思います」

霊的エネルギーのリアリティ。たぶんこの話の通じなさは、未開の村に行って、いかにお金が大切なものかを力説しても理解を得られないことと似ているかもしれない。お金というエネルギーを知らない人間はきっと言うだろう。なんだいお金って、それは食えるのかい？

「木田さんが、霊的エネルギーを確信しているのは、クンダリニー覚醒による神秘体験のせいなの？」

彼女は、半ば呆れたように私を見た。

「そういう羽鳥さんは、確信していないのですか？　そうは思えないですけど」

私は、していない。でも、あるような気がする。ああ、この言い方は曖昧だな。

「エネルギーが得られるなら欲しいわよ。ずっと若くいたいし」

「正直ですね」

「半信半疑だから、体験したら信じちゃうと思う」

「オウム真理教という教団の目的はものすごくシンプルでした。三万人のクンダリニー・ヨーガ解脱者を出すこと。三万人が霊的、精神的に成就し解脱すれば世界を救うことが出来る、教祖は真剣にそう考えていました」

「つまり、麻原は、クンダリニー覚醒によって社会革命を起そうとしたんだね」

「そうです。彼はクンダリニー覚醒のことを『原爆覚醒』と表現していました。『クンダリニー』という霊的エネルギーを『原子爆弾（核エネルギー）』と同じと考えていたんだと思います」

「ねえ、木田さん。クンダリニー・ヨーガの解脱というのは、つまり、クンダリニー・チャクラの解放のことだよね。クンダリニーのエネルギーは人間の七つのチャクラを下から解放していく。そのときに、ハート・チャクラ、つまり胸部のチャクラも解放する。このチャクラの解放をチベット密教ではとても危険視する。ハートは特別なチャクラで、何重にもブロックがかかっている……と。つまり、潜在意識を解放してしまうから、気をつけろっていうことだと思うのよ。潜在意識を解放すると、抑圧していたものが這い出す。それはすごく危険だから、とね。いったい木田さん自身は、修行をしたあと、どうするつもりだったの？」

木田さんは、無表情なままであっさりと言った。

「あとのことには、ほとんど無関心だったですね」

　思わず椅子にのけぞった。

「なにそれ、無関心って」

「今にして思えば……ということです。多くの信者が目指していたのは、クンダリニーの解放による神秘体験でした」

「だから、解放しちゃったら、そのあとが大変なんだってば。みんなそれで破滅するんだよ」

「覚醒の後、どうやって心を育てるかについて、教祖は一番悩んでいたんじゃないでしょうか。クンダリニーを抑えるには、テーラワーダ仏教の瞑想がいい、なんて言っていましたから。ヨーガによるクンダリニー覚醒は、一人が達成すると核反応みたいに連鎖していくんです。だけど、そのあとのエゴを落とす心の修行になると、たいがい挫折してしまうんです」

「つまり、精神面での修行が追いつかないってことだね」

「クンダリニー覚醒の後は、ものすごく世界がクリアになりスカッとするんです。でも、しばらくすると現実社会で体験する負の感情が、以前よりももっと強烈なイメージをともなって体験されます。他者への嫉妬、嫉み、憎悪のような感情も、クンダリニーの後は強烈に体験されます。それを超えるための修行がいくつも考えられたのですが、私は完全に失敗しました」

「失敗とは？」

「単純に、心の制御ができなかったんです。オウムでは『クンダリニー』と『心の成就』は車の両輪だと喩えられていました。でも、弟子たちは、心の成就の修行がまるで進まなかったんです。教祖は、仏教の四無量心を、何千回も説法しました。でも、四無量心に達したサマナは、たぶん一人もいなかったんじゃないかと思います」

老人が犬を連れて立ち上がった。犬の顔がにやにや嗤っている。毛が抜けてひどい皮膚病、こんな病気の犬を店内に連れてきていいのかしら。その時、「ポアしろ」と犬が言った。こちらを見た老人の顔が麻原になって迫ってくる。取り込まれる、と思った瞬間、閃光と共にまっ黒い影が立ち上がった。富士山か、違う。雲だ。禍々しい毒きのこのような原爆雲。

「どうかしました？」と木田さんが怪訝な顔をした。

「なんでもない」と、私は首を振った。

「麻原が言うところのヴァジラヤーナとは……」

自分の声が内耳に響かずどこかうんと遠くから聞こえてくる。

地獄に落ちてでも、他者を救済しろ

殺してもいい　真に目覚めた者が救済として行うなら
それは、救済なのだ

「ごちそうさまでした」

食べ終わった親子丼の箸をきちんと置き、木田さんはナプキンで口を拭った。

「ご存じですか？　インドで最初に行われた原爆実験の名は、『ブッダの微笑』と呼ばれました」

えっ。私、今、彼女に、原爆の話をしたかしら。一瞬、ぼんやりしていた。したのかもしれない。たぶんしたんだわ。

「もちろん、知っているわよ。ちなみに世界最初の原爆実験地はトリニティ（キリスト教での三位一体）という名前だった」

木田さんは、ね、と真面目な顔で言った。

「オウムに限らず、人間は悪趣味なんです」

35

元上九一色村のサティアン群跡を探すのは、難航した。

何度も同じ道をぐるぐると周り、地元の人に道を聞くのだが、それでもたどり着けない。かつて、第一上九から第七上九と七区域に分類され、十二棟あったサティアン。そのうちの、第六サティアンがあった場所を見つけられたのは、もう陽も傾きかけた頃だった。

第六サティアンは、麻原が家族と共に住んでいた建物。サリン事件の犯行後にYが麻原に報告をしに訪れた場所でもある。

そこは原野のまま残っていた。堆（うずたか）く廃材が積まれ、かつてのサティアンの名残を残すものは、一つしかない。富士山。この場所からも、富士山がよく見えた。富士山総本部ほどではないが、富士山の存在感は強い。

富士山が見える角度を確認した木田さんは「この風景。間違いないです」と、私に顔を向けた。無表情だが緊張があった。風が強くなってきて、木田さんの白いブラウスがはためく。

「私、ちょうどこのあたりの土中に埋められたコンテナの中で、アンダーグラウンド・サマディの修行をしました」

そう言って、彼女は足下の地面を靴でトントンと踏んだ。

「生きたまま埋められて、どんな気分なの？」

「土の中は、とても静かでしたね。なに一つ物音がしなかったです、あの静寂は凄かったな……」

「そんな厳しい瞑想修行をして、なにか変わった？」

「独房修行は誰も見ていないからわりとサボれます。修行で、特別なことはなにも起こりませんでした。なにもする気がしなかった。とても怠惰でした。だから、もしかしたら、あれが私の本質なのかもしれないですね。相変わらず、私は、なにもしていませんから」

陽が落ちてきて、とても肌寒かった。

アンダーグラウンド・サマディのような、修行者が主体となる身体的修行は、木田さんたちを最後にして、教団から消えていく。修行の成果が上がらなかったためだろうと木田さんは言う。次第に薬物によるイニシエーションが修行の主体となっていく。麻原の意を受けた村井秀夫は、出家者の修行を進めるために多くの科学的な道具を開発した。

「村井さんの作ったヘッドギアは電流が流れてビリビリ痛かったです」

教団は、機械や薬物を使った半ば強引な方法で信者に神秘体験を与え続けた。

「地道にチベット密教の菩提心（ぼだいしん）の修行をしていれば、みんな幸せだったでしょうに」

そうであれば木田さんだって、まだ教団で心の修行を続けていたかもしれない。Yだって、殺人犯になることはなかったはずだ。

「前にも言いましたけど、オウムの富士山総本部は、チベット密教の高僧カル・リンポチェの祝福を受けて始まりました。カル・リンポチェと教祖は前世でも師弟だったという深い関係です。前世を信じるかどうかは別として、結びつきはとても強いものでした。八八年、彼は、カル・リンポチェの儀式を受けるために弟子を連れてインドのソナダまで行ったんです。ですが、大切な儀式の前夜に、夢にシヴァ大神が現われたと言い、日本に戻って来てしまうんです」

「つまり、儀式をキャンセルしたと？」

「そう。師弟関係となることを拒否したのです。そのとき、教祖は弟子たちに『おまえたちがカル・リンポチェを師として選ぶならここに残れ』と言ったそうです。師が帰ると言うなら残る者はいませんよね」

「なぜ、麻原は、カル・リンポチェを拒否したのかしら？」

「カル・リンポチェの大乗的な教えでは、本当の救済はできない、と言ったと聞いています」

「麻原のターニングポイントね」

「はい。カル・リンポチェと決裂したということは、チベット密教との決裂ですから」

「そして、ヴァジラヤーナへ向かう」

「菩提心を説くことと、衆生のために身を捨てることは別と考えていたんでしょう」

「チベット密教じゃ生ぬるいってわけね。でも、ヴァジラヤーナによって自らが破滅することを麻原は自覚していたのかしら。それとも無自覚だったのかしら」

「わかりませんが、人間はたとえ破滅するとわかっていても、潜在意識からの強いヴィジョンや声には逆らえないんじゃないでしょうか。なにか、ものすごく大きな力が働いて、なるべくしてそうなっていったんだと思います。だって……、誰も止められなかったのだから」

そうかもしれない。それが魔境とわかっていても、止められないのかも。

「ねえ、木田さん。この第六サティアンの隠し部屋に、麻原は九百六十万円をもって隠れていたのよ、あの時点で麻原の堕落は決定。みじめな教祖の姿にあなたは失望しなかったの？」

「たぶん、羽鳥さんは、教祖を、マスコミが報道しているような俗物と考えているのでしょうね。あなた方が、まったく理解していないのは、彼が宗教家であり、オウムで最も激しくシヴァ大神という存在に帰依していたという事実です。教祖が真剣に神に帰依したから、弟子も帰依して、そして救済だと信じ、あの事件は起こりました。信仰を知らない人は、そのことが想像できないと思います」

「じゃあ、麻原は隠し部屋で何をしていたと思うの？」

「教祖は、常に食べ物やお金をエネルギーで浄化していました」

平然と答える木田さんが、すごく遠く感じた。またあの沼が現われた。私は、木田さんに失望と同時に淡い羨望を覚えた。

どこからともなく、黒い大型トラックが走って来て、私たちの目の前で止まった。荷台が上がり、積んでいた廃材を投棄した。土ぼこりが立って、あたりが黄色くなった。運転手はいやらしい目つきで私たちを見下ろしていた。私たちは思わず寄り添った。太いタイヤが轟音を立て、小石が顔に跳ねた。運転手が、クラクションを派手に鳴らし、それが辺りにこだました。トラックは去った。また、私たち二人だけになった。

そのとき、ふと、思った。

麻原は、隠し部屋の中で、神の声を聞こうとしていたのだわ、と。

神よ助けてください、答えてください、と。でも、麻原のシヴァ大神は、沈黙した。神はいつも一方的に語りかけ、沈黙する。

「麻原の神さまは、なぜ救済を急いだのかしらね。あんなに急がなくてもよかったでしょうに」

「教祖は世界が核兵器によって終わると予言していました。核による人類滅亡を阻止するために、人々の覚醒を急いでいたのです。戦後の高度経済成長を突き進むなかで原子力エネルギーを受け入れていく日本と、クンダリニーという霊的なエネルギーを覚醒させて宗教的な世界を突き進んだオウムとは、どこか似ていると思いませんか？　核もクンダリニーも人間を超えた力を与えてくれるもの。人間はエネルギーに取り憑かれてしまうんです。人間は未知のエネルギーを手に入れるためなら、全財産を捨てる。なんだってやる。それをオウムは、もう一度、見せたんですよ。人間はまるっきり変わっていないのです。人間の精神の成長は百年単位なんかでは進まないのです。だから、人類は、原爆を作った七十年前とまるで変わっていない。人類の潜在意識が集合的に活性化すると、ヴォータンが目覚める。それが黙示録に書かれている予言です。ヒトラーが自殺し、日本の敗戦が決定的になっても、アメリカが原爆投下を中止しなかったのはなぜですか。未知のエネルギーの威力を試したかったからです。実験のために、原爆は二度、落とされました。広島と、長崎に。人は未知のエネルギーを知りたい。そして使いたいのです。それを暗示するために、サリンも、二度、まかれたのですよ。松本と東京に」

「あまりにもこじつけだわ」

風が吹いた。その風はとても強く足元から土埃を舞い上げ、目を覆った。なにも見えなくなった。この人は、オウムを体験しているのだ。この人はオウムなのだ。私はそこに行けない。

木田さんは、じっと、暗くなった空を見ていた。

「この現実は内的世界の現われ、私は修行をしてからそういう考え方しかできなくなりました」

36

木田さんと教団施設跡を訪ねたことを手紙で伝えても、Yは関心を示さずそっけなかった。

「彼女がまだ、Aを信じているとしたらとても残念なことです」と返事が来た。

「ほんとうに早く目を覚ましてほしい。Aがカル・リンポチェと決裂したのは目を治すための儀式を伝授してほしいと頼んだのに対して、段階的に修行をしなければ教えられないと言われたからです。私はその話をある信者から聞きました。二百万で教えてくれと金を持ち出して断わられたのです。木田さんは、犯罪事件に関与していたAを知らないのです。Aの邪悪な面を、彼女は、まったく見ていないんです。できれば早く、教団のことを忘れて、新しい人生を送ってほしい。ほんとうに、心からそう願います」

Yが見てきたオウム真理教は木田さんの見ていたオウム真理教とは違う。同じオウム信者だったのになぜ。でも「それがオウムなんです」と木田さんなら言うだろう。

　富士山に行ってからしばらく体調が優れず、三ケ月ぶりに面会に行くと心なしかYの顔がやつれて見えた。

「ちょっと痩せましたね」と言うと、Yも「羽鳥さんも痩せました」と言う。「年をとったってことですかね」と二人で笑った。

「Yさんは、麻原のシャクティ・パットを受けたことがある？」と質問すると、「たしか、一回だけ受けたと思う」と曖昧に答えた。

「どうだった？　なにか感じた？」

「よく覚えていません。特別なことは起きなかったと思います」

「他のイニシエーションでは？」

「ヴィジョンのようなものを見ることはありました。ただ私は、神秘体験についてはあまり話したくないんです。興味もないし、人に悪影響を与えるだけですから」

「それならなぜ、オウムに入信したの。神秘体験に興味があるから入信したんじゃないの？」

「どうか誇示しているように受けとらないでください。私は、インド放浪時代にそういうことはある程度は経験済みでした。神秘体験のような一時的なものに、興味はありませんでした。私は生活のなかで精神的な修行をするために出家したのです。教団の修行が本来の心の成長の修行からズレていくことに失望していました。私は若い人たちに、神秘体験などを求めて人生を踏み違えるようなことを二度としてもらいたくないです。だから、神秘体験について語ることはあまりしたくないのです」

修行と神秘体験に関する限り、Yは何も語ろうとしない。隠されれば隠されるほど、そこに意識が向いてしまう。

「教団で集団生活をしていたら、普通の精神状態ではいられないということが富士山に行ってみてよくわかった。だから、当時のことを説明しろと言われても無理だというのもわかった。言いたくないことばかりしつこく聞いてごめんなさい」

「いえ。私もお役に立てなくてすみません」

「もう、これで最後。ひとつだけ教えて。Yさんを教団に留めていた、一番強い、感情は、なに？　理由はいらない。感情を教えて」

頭を抱えたまま、Yはしばらく考えていた。そして、ぽそりと言った。

「怖かった、です」

「なにが怖かったの？」

急にYの落ち着きがなくなり、仕切り台の上を指でひっかいている。

「Aと、村井……。それに、あの雰囲気が」

「どう怖かったの？」

「うまく言葉では説明できません。みんながわっと、深い考えもなしに、後先も考えずに、行動してしまう狂気というか、エネルギーというか……。それにニューナルコや電気ショックで亡くなった人間も、数人見てきましたから」

あの状況をどう説明しても絶対に理解してもらえない、とYは言う。一部の弁護士には、侮蔑すらされた、と。

「いくら怖かったと言っても、ひどく冷めた目で私を見るんです。でもね、怖かったとしか言いようがないのです」

私は無言で、Yも黙った。下を向いて、もう何も語ろうとしなかった。

兄が実家にひきこもっていた頃。

父がよく電話をかけてきた。

「よう子、あいつは化け物だ」と。

「俺は、あいつが怖いんだよ」なにを大げさなことを、と、取り合わないでいた。しばらくして、父は、酒に酔った勢いでいきなり兄の部屋に乱入し、兄の頭をビール瓶で殴り怪我をさせた。先に手を出したのは、兄ではなく父だった。

警察から連絡を貰ったとき、私はてっきり怪我をしたのは父だと思った。時々、爆発して母をなぐったり、襖をぶち抜いたりしていたのは兄だったからだ。

父がなぜ兄を、と、不思議に思ったが、そのことをあまり気に留めなかったのは、殴られた兄が応酬して家のサッシを台所の椅子で叩き割ったと聞いたから。近所の通報で警察が呼ばれて、騒ぎは収まった。どっちもどっちだと思っていた。

私の部屋にやって来たとき、兄はまだ頭に包帯を巻いていた。幸いに大した傷ではなかった。私といるときの兄は凶暴どころか、いつも脅えていた。

兄が失踪した時、私は真っ先に父に電話をした。家に戻っているのではないかと思ったからだ。電話に出た父は、興奮して、すぐさま警察を呼ぶと言い出した。警備してもらうという。

「あいつが来たら殺されるぞ」

呆れた。父の心情が理解できず、とにかく家には戻っていないのだなと思い、電話を切った。

あまり深く考えたことがなかったけれど、父は、なぜあんなに兄を怖がっていたのかしら。

37

羽鳥よう子さま。

メールをいただきながら、お返事が遅くなってしまったことを心からお詫び申し上げます。

たいへんに難しいご質問でしたので、いろいろ悩んだ末、個人的に、と鍵カッコで括ってお答えをさせていただきます。

私はじっさいに麻原彰晃と会ったことがないので、病状に関してはコメントができません。ですから「麻原彰晃は、統合失調症だと思うか？」というご質問に関してはお答えできません。

ただ、統合失調症がどういう病気かに関しては、長年、この病気の患者さん達とおつきあいをしてきましたので、精神科医として率直に申し上げます。麻原は統合失調症ではありません。なぜなら、統合失調症の患者さんは、大勢の人間を自分のファンタジーに巻き込むようなことができないからです。

統合失調症における幻覚は、個人の中に閉じているのです。たとえば、統合失調症の患者さんはよく「私は神だ」とおっしゃいますが、それを他人に吹聴（ふいちょう）したりはしないのです。まして、神であることを誇示して、他者を支配しようとすることは絶対にありません。これは断言できます。

統合失調症の患者さんは、自分が神であることを、こっそりと微笑んで、時々そっと「実はね……」と他者に打ち明けるような、繊細な方々なのです。社会を巻き込んで「世界が破滅する」とは言いません。むしろ、自分が一ミリでも動けば、そのせいで世界が破滅するのではないかと不安になり身動きが取れなくなるような方たちなのです。

妄想とファンタジーは、基本的に違います。妄想が積極的に他者を巻き込もうとすることはきわめて稀(まれ)です。しかし、ファンタジーは他者を巻き込んで膨らんでいきます。統合失調症の患者さんは妄想は持っていますが、ファンタジーで他者を巻き込んだりはしないのです。

いただいたメールのなかで「以前に法廷で、妄言を繰り返す麻原彰晃を見たことがあり、なぜか、その妄言を聞いていたら恥ずかしくてたまらなくなった」との記述がありました。

これは非常に面白い指摘だと思いました。統合失調症の方たちの言葉はまことに切実です。切実でリアリティがあります。自意識のかけらもありません。ですから、彼らが、どのような突飛(とっぴ)な発言をしても聞く側は困惑するだけで、恥ずかしいと感じることはありえないでしょう。

麻原の法廷での妄言を聞いて、羽鳥さんが「恥ずかしい」とお感じになったとしたら、それは、麻原の自意識と共鳴したからだろうと思います。もちろん、あくまで仮説です。個人的なおしゃべりとして受け取ってください。

他人の自意識に触れると、感受性の強い人は自分の自意識と共鳴して恥ずかしいと感じます。ですから、麻原はその時はまだ自意識があった、つまり、正気の部分が残っていた、と考えられるかもしれません。

では、麻原のファンタジーとはなにか。仮説でしかありませんが、瞑想によって生じた幻覚ではないかと推察します。現在、米国を中心に瞑想による神秘体験の科学的な研究が行われております。この研究は、オウム真理教の事件を体験した日本こそ積極的に取り組むべきだと思っております。深い瞑想状態によって起こる神秘体験は「魔境」と呼ばれてきました。麻原は自身が「魔境」に入り、幻覚・幻聴を体験した可能性があります。麻原自身に適切な瞑想指導者が存在しなかったことで、麻原のファンタジーは周囲を巻き込んで肥大していったのかもしれません。

拘置中の麻原に面談した医師たちの報告書からは、麻原が重篤な統合失調症に近い症状を呈しているのが窺えます。統合失調症という病気は、なろうと思ってなれる病気ではありません。人間が自ら精神を病むのは難しいことです。

しかし、これもまた個人的な見解ですが、ヨーガなどを通して自分の自律神経をある程度コントロールできる人であれば、自らを発狂に追い込むのは可能かもしれません。そんなことをした人間を見たことがないので、仮説でしかありませんが、できなくはないでしょう。

意識的に狂気に向かっていくわけですから、どこかに一点の正気は残っているはずです。正気でありながら限りなく統合失調症に近い危機的状況を作り、自我を崩壊させることは、可能だろうと思います。それを正気と呼ぶのか狂気と呼ぶのか。私には判断しかねます。

以上、簡単ですが、ご質問にお答えしました。

西邦病院精神科　益子政博

Yさん。とってもお久しぶり。お元気ですか。

お返事が遅れてごめんなさいね。面会もすっかりご無沙汰してしまって、心苦しいです。

体調を崩して、少しばかり入院していました。心配すると思って黙っていたの。たいしたことはありません。子宮にポリープができて、切除をしたの。良性のものだったから安心してください。

入院をするのは初めてだから、わりと楽しかった。

大部屋で、隣のベッドの人も年の頃がいっしょで仲よくなったの。その方ね、ものすごく大きなポリープが子宮に出来ていたのに、妊娠と勘違いしていたのですって。想像妊娠というのとも、ちょっと違うわね。お腹がでっぱってきて、このままだと命が危ないというので、子宮ごと切除なさったの。

よっぽど、お子さんが欲しかったのでしょうね。手術の後に病院の待合室にあったキューピー人形を抱きかかえて、自分の子どもだと言い張ってきかないの。看護師さんたちも不憫に思って好きにさせてあげていたわ。いつも、人形を抱いて歩いているの。ときどき、おっぱいを飲ませたり、お風呂に入れたり、こまめに世話をしていた。名前もあったのよ。ミチルちゃん。チルチルとミチルのミチルなんですって。入院している間、私もミチルちゃんとたくさんお話ししたわ。

「ミチルちゃん、ご機嫌いかが？」「あら、ミチルちゃんが笑ったわ」って。そうするとね、彼女はとてもうれしそうにするの。


先週いただいたお手紙、びっくりしたわ。拘置所の貸し出しＤＶＤで、うっかり「バイオハザード」を借りてしまったという話。そうよね、あの映画はうんざりするほどゾンビが出て来て人を殺すホラー映画。いったい誰が、どんな理由でリストに入れたのかしら。死刑囚が娯楽で観る映画にゾンビものを入れるって、嫌がらせならまだいいけど、好意だったら怖ろしい。

「アクション映画だと思って観てしまい、気持ちが悪くて夜中に何度もうなされました」というくだりに、申し訳ないけれど笑っちゃった。

Yさんの手紙っていつも、ものすごく不条理。考えさせられます。人生はクローズアップで見れば悲劇だけれど、ロングショットで見れば喜劇、これって、かの喜劇王チャールズ・チャップリンの言葉よ。

覚えているかしら。私たちが、初めて出会った二〇〇四年のこと。あの時、私は和服で面会に行ったのよ。あれも笑えるでしょ。たぶんYさんが男性だから、心のどこかで異性を意識したのね。テロリストにもいい女だって思われたい女心がわかる？　いま思い返すとものすごく恥ずかしい。面会に行く日はけっこうお洒落をして出かけた。拘置所に和服で行くのが、《極道の妻》みたいでかっこいいような気がして。バカでしょう。読んで笑ってね、私もたまにはあなたを笑わせたい。

あれから、十一年が経ったなんて、夢みたい。

正直に言うと私、この交流がこんなに長く続くなんて、これっぽっちも、思っていなかった。あの当時、気分はまだ三十代で無邪気だった。Yさんから、「死刑が確定しました。よろしければ交流者になってください」とお手紙が来たとき、「やったー！」って内心、ガッツポーズ。ほんとにお気楽でしょう。嬉しさを隠すためにうんと深刻な顔をしていたの。あなたは、特別な人、だったから。

どういう錯覚をしていたか、有り体に言うとね、私は自分に他の作家とは違う才能があると確信したの。殺人犯が私の小説を読んで魅了された。私は人間の闇を描ける作家なんだ、そうよ、闇こそ私のテーマ、そんなふうに思い込もうとしていた。死刑囚の支援は闇を描く作家にぴったりの役回り。神さまの配役は完璧なのだ、って。

このお気楽さの裏には「死刑囚は自分より先に死ぬ人」という思い込みがあった。私ね、もっと早くお役御免になると予想していたの。それって、ずいぶん身勝手なことよね。あの頃は、ほんとうに無邪気で偽善的だった。悪気はなかったのよ。私なりに真剣に考えていた。自分より先に死ぬ人＝死刑囚＝Yさんを、助けてあげたいって。


信じられないけど、この十年のあいだに、私は五十歳を超えてしまって、四捨五入すれば六十よ。親も看取ったし、親しい友人の何人かが、自殺や、病気や、事故でこの世を去っていった。お葬式が年々増えるわ。罰当たりな言い方だけれど月々の香典代がバカにならないほど。

以前に私の知りあいが亡くなったとき、Yさんは申し訳なさそうに「私が代わりに死ねれば……」と、手紙をくれたわね。

あの文面を深夜の仕事部屋で読んでいたら、薄暗い道ですれ違いざまにポンと頭を叩かれたみたいな、妙な気持ちになった。振り向くとね、相手の後ろ姿がすーっと湿った夜の道に吸い込まれて行くの。あれ、たぶん、あなただったと思う。

そんなこと出来るわけないじゃない、って、手紙を閉じた。

誰かが死ぬたびに、この人は、罪悪感を持つのかしら。

でも、誰かが死んだところで人は生き返らないし、命と交換できるものはこの世にはなに一つないのよ。

Yさんと出会ったころ、私は「死」ってものがよくわかっていなかった。Yさんのことを、「鎌を持った死神に鎖で繋がれている人」って思っていたの。あなたに首輪をつけた骸骨が歯を鳴らして笑っている、そんな光景が私には見えていた。呆れるでしょう。

違うわよね。死は、肉に貼りついた皮膚みたいに、生と分けることはできない。薄皮を剝ぐように生と死を分けると、ひりひりして血が滲んでくる。死は、生をつつんでいるの。

だからって、いつ執行があるかわからないYさんの「死刑囚」という境遇を、軽んじるとか、甘く見ているとか、そういうことではないの。ただね、初めて面会に行った頃の、いつ死ぬかいつ死ぬかって、喉元に刃を突きつけられているような切羽詰まった感じが、今はないの。

あれって、まるで、あなたが執行になるのを待っているみたいで居心地が悪かった。

母親を看取る時に同じことを感じた。深夜の病院に駆けつけたとき、何日も髪を洗っていないようなぼさぼさ頭の医師がね、今夜か明日が峠ですけど、人工呼吸器をはずしていいか？　って聞くの。私、何を言われているのかわからなかった。だって、すごくつっけんどんな言い方で、延命はしないほうがいい、めんどうくさいからさっさと終わらせてくれ、みたいな口ぶりなんだもの。

嫌な奴って思った。絶対に最期まで母を看取ろうと決めた。それから、昼も夜も、ずっと母の枕元に付き添っていたんだけれど、母ったら、なかなか死なないの。結局、植物状態のまま四ケ月も、生きたのよ。昏睡したまま三日が過ぎ、四日が過ぎたあたりから、私はだんだんむずむずしてきた。仕事もたまっているし、なにより、退屈してしまったの。頭の中に雑念ばかり浮かんできて、ああ、家に帰ってあれもしなきゃ、これもしなきゃって。そのうち、自分は、母が死ぬのを待っているんじゃないかって、そんな気分になった。偉そうなことを言いながら一週間、もたなかった。家に帰ると日々の暮らしと母はとても遠くて、次第に見舞いの足も遠のいて……。

母はね、真夜中の、誰もいない時間に死んだ。看護師さんが見回りに来たときは息をしていなかった。

いまは、多くの時間、執行のことは忘れている。でも、そういう自分に、後ろめたさもある。

明日であれ、何十年も先であれ、私が生きているあいだにYさんの執行があったら、後悔すると思う。ああ、もっと面会に行っておけばよかった、もっとお話を聞いておけばよかった、なにもしてあげられなかったなあ……と。

ごめんね。いまや、私は、年に一、二回しか面会に行かなくなっている。

手紙だって、以前は週に一度も出していたのに、最近では二ケ月に一度も書きゃあしない。

親の介護や仕事で忙しかったのは確か。だけど、十年前より忙しいかと言えばそうでもない。だから、面会に行けないというのは、忙しさより気力のせい。きっとそのことは、Yさんも感じているでしょう。そして、諦めているのよね。しょうがないさ、彼女も自分の人生で忙しいんだから、って。

人間って、「こうあるべき」って決めたら、どうしてもその通りに行動しようとする。いいえ、人間なんて大げさなことを言うのは僭越(せんえつ)だから、「私は」と限定しよう。自覚はなかったけれど、私には「死刑囚と交流する」というロマンチックな妄想があった。そのイメージ通りに、誠実に行動しようとしたのだけれど、気がついたらなんだかものすごくズレちゃってる。

たとえば、私、ずいぶん前に、Yさんが誕生日プレゼントを送って来ることに文句を言って「いらない」って断わった。だって、あなたには収入がない、つまりあなたが私に送って来るプレゼントは、誰かがお金を払い、誰かが買いに行き、誰かが手間ひまかけてリボンを巻いて私に送ってくれるわけ。そんなにたくさんの人に迷惑をかけてまで誕生日を祝ってもらいたくないって、そう思ったの。

でも、私、間違っていたと思う。ありがとうって、貰っておけばよかったのよ。誰に差し入れされたお金だろうと、Yさんが貰ったお金はYさんのもの。その使い道をとやかく言うなんて傲慢だった。もともとお金なんて誰のものでもない。ただ、世の中を回っているだけ。なにかにつけて、私はあなたに「こうあるべき」を押しつけていた。もっと死刑囚らしくしなさい、って。

あなたは冗談を書いて私を笑わせてくれる。かすかに届く鈴虫の音に秋を感じたり、赤ちゃんの鳴き声が聴こえると幸せになったり、ホラー映画を観て夜中にうなされたり、エリック・クラプトンのミュージックビデオにわくわくしたり、ナショナル・ジオグラフィック誌を読んで象の生態に興味をもったりしている。二十四時間監視カメラに見張られて、十五分置きに見回りが来る。そういう独居房生活がもう二十年も続くのに、生きることを見失わない。

なのに、私はずっと、死んでいく死刑囚と交流する作家としてどうあるべきか、そんなことばかり考えていた。これって、どう思う？

死神に鎖で繋がれているのは、Yさんではなくて、私だわ。

死と同じように避けられないものがある、それは生きること。

これも、喜劇王チャップリンの言葉。

チャップリンのサイレント映画って、とっても静かで、残酷で、それでいて優しいの。主人公は一文無しの放浪者。ちょび髭を生やして、山高帽（やまたかぼう）をかぶり、ダブダブのズボンをはいている。ヨチヨチしたアヒルみたいな歩き方をして、態度だけは紳士なの。妙に毅然としていて、反骨精神があって、弱い者の味方。でも、最後は警官に追っかけられて、ドタバタ逃げ回って、ジ・エンド。

なんだか、それが、Yさんと重なって見える。

いったい何を言っているのか、わからない、という顔をしているでしょう。

そうなの、私はいつも自意識過剰で意味不明のことばかり手紙に書いて、あなたに送っている。心が定まらない。安定しているのはあなたのほう。

自分の書いた手紙は手元にないので、この十年、何を書き送ったのかはうろ覚えだけれど、その時々で支離滅裂なことを書いていた気がする。主に事件のこと、教団に対する疑問や、麻原彰晃に関すること。もちろん、日々の暮しや、仕事のことも書いたけれど、私の関心の多くは「オウム真理教」だった。Yさんを通して私がオウム真理教に入ろうとしていたみたい。遅れてきた信者志願者、そんな感じよね。

先月、私は五十六歳になった。

いつも誕生日を覚えていてくれてありがとう。バースデーメッセージはちゃんと当日に届いたわ。今年は家で一人、お祝いをした。

父が亡くなったあとすぐに、プーも死んじゃったの。プーは大腸ガンだった。犬は腫瘍になりやすい動物なんですって。すごいことがあったの。死ぬ前に、プーのお尻の穴からどす黒い肉の塊が出てきて、プーったら、それを自分で引っ張り出して食べちゃったの。プーをぬいぐるみのようにかわいがってきたけれど、プーは人間とは違う野生の生き物、初めてそう感じたっけ。

そんなわけで、今は一人きり。もう、動物は飼わない。私が先に死んだら気の毒だもの。

人が必ず老いるということ、頭ではわかっていたけれど、実際に年をとって不具合が出てくると、道路でタイヤがパンクしたみたいにおろおろしている。このポンコツ車になんとか慣れようと、四苦八苦しているところ。

ゆうべからは、歯茎が腫れて痛いの。血も出るし、歯槽膿漏（しそうのうろう）ってやつかしら。まったくもう、次から次へと、ガタが来ること。

私たち、わりと年が近いじゃない？　私と同じようにYさんも老いているのよね。髪が真っ白だもの。あの拘置所の殺風景な面会室にあなたが入って来ると、真っ先に髪が目につくわ。眉毛にも白髪が混じった。あなたからも小じわが増えた私が見えるんでしょうね。

向きあって座るとまず「調子はどう？」って、顔色を見る。あなたの顔、いつも色つやがいい。隣で会話を記録している刑務官のほうがよっぽど皮膚がかさついていて不健康そう。

四畳もない狭い独房、運動時間はせいぜい三十分、檻みたいな回廊を歩くだけでしょう。他者との交流も制限されて、手紙も検閲される。昼に近くなるとほっとするって言っていたわね。今日は、もう執行はないな、って。

鬱になって人格が崩壊する死刑囚も多いと聞いた。けっしてギャグではなく、あなたの強さは、もしかしたらオウム時代の修行の成果かも。人生にムダってないもの。もちろん、そう言われてもあなたが「ハイ、そうです」って言わないことはわかってる。それを言ったら、社会が、許しませんものね。

短い面会時間でも、私たち一生懸命に話したわね。やっと場がなじんできたころ、面会は終了。刑務官が「そろそろ」って横目で見る。せいぜい二十分だから「いつ終わるだろう」って気が気じゃなくて夢中でしゃべり続けたね。刑務官が立ち上がって「終わりです」って言うと、ほっとしたような変な感じ。お互いにぎりぎりまで手を振る。刑務官があなたを急かして扉を閉める。Yさんが消えた面会室の、乾いた空気や静けさ。一人で出る面会室。ビニールの観葉植物があるロビー。

最初は、映画のエキストラ気分でここを訪れていたけれど、そのうちこの殺風景な雰囲気にも慣れてしまって、たまに行くと懐かしいくらいなの。身分証明書の提示や、身体検査、手紙の検閲。そういうことのすべてに、慣れてしまっている。なんかもう、目を吊り上げて文句を言おうって気にはならない。

ああ、Yさんが、今日も元気そうで良かった。そう思って、拘置所を後にするの。あの道も、昔よりずっと穏やかな気持ちで歩くのよ。正面玄関前の池田屋さんのおばさんはあなたの好物をよく覚えている。「Yさんの好きな、あんず飴あるよ」って教えてくれる。おばさんはあなたに会ったことはないけど、あなたに好意をもっているみたい。きっと差し入れする人たちが穏やかだから、あなたのこともいい人だと察しているのよ。この前、「Yさんのお母さんはお元気?」って聞かれたわ。最近姿が見えないことを気にしていた。「もう、お年だものね」って。お母さんが亡くなられたこと、なんだか伝えられなかった。

最近のあなたは、面会でよく週刊誌の差し入れを頼むでしょう。安倍政権の悪口を読みたいって言っていて、それが、なんだかうれしいのよね。だって、政治に関心があるってほんとうに普通のことじゃない？

もう選挙権もない。この社会に戻って来る可能性なんかゼロなのに、それでも日本が戦争に向かわないようにって、真剣に考えて、なけなしのお金で文藝春秋なんか買っている。法律はあなたの人権と自由を奪ったけれど、心の自由は奪えない。それがうれしいの。

「面白いのよ、ニュース番組のコメンテーターたちが「日本では地下鉄サリン事件のようなテロ事件がありましたし……」って、テロの話題が出ると条件反射みたいに、オウム真理教の名を口にするの。オウムって言うときの、一段低い声の高さ、慇懃（いんぎん）なイントネーション。あれは今も変わらない。その度に私は思うの。あなた方に何がわかるっていうの？　当事者たちだって理解していない事件を、どう理解しているのよ、ってね。地下鉄サリン事件は戦後最大のテロ事件。実行犯のあなたはテロリスト。でも、私はあなたが、テロリストだったたってことを、実感できない。

いまだに、実感できないの。

あんな大事件だもの。たくさんの人を巻き込んで、今だって後遺症に苦しんでいる人はたくさんいる。亡くなった方たちのご遺族は、あなたのことを絶対に忘れられないでしょう。

でも、それと、あなたがテロリストかどうかは別の話。世間はわかってくれないだろうけれど、十年つきあってきた私にはわかる。あなたは、世間が報道しているようなテロリストじゃない。

あなたは、テロ行為を犯したテロリストとして罪をつぐなおうと、ものすごくがんばってきた。手紙を読めばわかる。二度と他者を傷つけたくない、死刑になる時も、刑務官にボタンを押させたくない。できることなら自分で首に縄をかけて飛び降りたい。もう誰も傷つけたくない、って、何度も書いてきたでしょう。

私、凶悪なYさんを知らない。出会ってからずっと、あなたはいい人だった。たったの一度も、あなたが殺人者だって実感したことがない。できないの。だって私、過去のあなたを知らないのだもの。

ずいぶんと努力したの。この人にだってどす黒い部分もあるのよ、って、あなたの性格や生い立ちに悪事をしでかす伏線を探し続けてきた。どこかに深い闇があるはず。在日三世でコンプレックスがあった？　インドでドラッグをやっていたのは薬物に対する依存性のため。本性はサイコパスでは。心理学書を必死で読んでトラウマ探し。もう、そういう自分にうんざりしたの。どうだっていいじゃないって、思うの。

これって、怠慢なのかな。

被害者感情に立って罪人は永遠に罰すべき？　それとも明治時代から変わらない旧態然とした死刑制度に反対すべき？

ああ、いったいどっちなのかしらって自問自答しながら、いつも綾瀬駅まで歩いた。拘置所から帰るあの道は思索の道。川面に映る光の彩を見ながら、なにが真実だろうって堂々巡り。昔は陰鬱な灰色の塀があったけれど、それも取り壊されて今は景色を遮るものはなにもない。川べりの道から拘置所の建物がとってもよく見える。十年以上見ていると、あの円盤が舞い降りたみたいな変な形の建物も、なんだかユーモラスな感じ。

そして、いま、つくづく思う。私って、死刑制度にさほど関心がないんだわ、って。地下鉄サリン事件にだって、たいした興味を持っていない。実はどうでもいいの。ただ、そういう自分を許していなかっただけなのだって。十年以上、面会に通い続けていてやっと気づいたの、私はそういう、怠惰な人間だったんだって。これって、すごい発見だった。

あの地下鉄サリン事件から二十年が過ぎて、私はあることを自覚しなくちゃならなかった。私ね、完全に乗り遅れている。いえ、路線を間違えて、違う場所に向かっている。世間の人たちと、見えている景色が違うのよ。

世間はもうあの事件を忘れている。忘れつつある。終了している。

私は、当事者でもないのに、ずっとオウム真理教について考えていて、考えを止めることができない。Yさんに会いにいくたび、手紙を書くたびに、あの出来事はなんだったのかしら、とこだわり続けてきた。じかに関係がないことなのに、関係があるように感じていて、ちっとも時間が経たないの。事件から二十年も経ったのに、まだ二、三年しか経っていないみたい。これって、異常なことなのに、まるで気がついていなかった。オウム真理教の解明を、天命だと思い込んでいた。なにかしら見えない力が働いて、私をこの大きな命題に向かわせた、ってね。当事者側からしたら、大きなお世話でしょう。

ただの支援者として会えばいいだけ。そういうことも可能だった。なのに、私は自分から進んで、オウム真理教を知ろうとし、意識を向けた。それは、私が、選択したこと。運命でもなんでもない。自分から、熱烈に意識を向けて、教団を知ろうとした。

それが、なぜかも、わかる。

社会を揺るがすような大事件の内側に、自分が入るため。

私は、自分も事件に巻き込まれたかった。だから、自分から進んで巻き込まれたの。

そういう自覚はなかったけれど、思い返せばそう。わかる？　あの未曾有（みぞう）の大事件と自分が繋がっているという事実にはしゃいでいたの。

　実際には、まったくの部外者。たまたまＹさんと、こうして交流しているだけなのに、すっかり主人公気分だったのよ。


　つい最近も、京都で行われた宗教学者の集まりでオウム真理教について発表したの。その時なんて、まるで自分が信者だったかのように教団や教義について熱弁をふるった。Ｙさんが見たらその「なりすまし」ぶりに、呆れたでしょうよ。

　会場には整然と机が並び、学者や医師や仏教者が座っている。私は刑事ドラマの主人公みたいな深刻さでもって、社会とか世間とか、そういうわけのわからない巨大なものに、立ち向かっている自分を演じていた。

　だって、そういう状況だったのだもの。そこは、真面目に問題を議論する場なの。戦後最大のテロ事件を起こした教団について発表するとなれば、深刻にならざるをえないでしょう。みんな腕組みなんかして、憮然とした顔で聞いている。

「宗教学は、オウム真理教の問題と向きあわなければいけない」

　って、ことなのよ。二十年経ったからって忘れてはいけない。むしろ、宗教対立にからんだテロ事件が多発している今こそ、改めてオウムとは何かを考えなければならない、って。

だから、私も真面目に深刻に話をしたの。私、深刻ぶるのはすごく得意だから、しゃべっているうちにどんどん深刻になっちゃって、もう深刻に歯止めが効かない。ついに、宣言した。自分がこの事件と関わることは、百年の時間の流れのなかで見ればなにかしら意味のあることだと思う……って。

しゃべりながら、また、誰かに頭をポンって叩かれた気がした。

これ、十分、喜劇ね。

そこに集まっていた人たちのなかに、オウム真理教と直接に関係がある人は誰もいないのよ。それでも、この問題は宗教学が避けて通れない問題だから、考えていかなければならないって言うの。それぞれに、オウムと繋がる微かな接点を探して、自分に引き寄せようとしていた。それがもう、千差万別。ある人は、自分が通っている太極拳教室と、オウムの教団運営の問題点を重ね合わせて語っていた。ある人は、麻原彰晃と接近遭遇した時に感じたうさん臭さを見逃したことを無念がっていた。ある人は、教団の修行と軍隊のしごきの共通項を指摘した。

学問的なテーマとしてオウム真理教がなぜ暴走したのかを分析し、研究し、そして今後の教訓とすべき何かを導き出すことが、研究者の使命。

実際、その通りだと思う。学問は人間にとって必要だし、価値のあるものだわ。だから莫大な時間を人は自分の研究テーマに費やすの。会場にいた人たちは、Yさんと長年交流している私の発表を、とても熱心に聞いてくれた。

私も嬉しくなって精いっぱいお話ししたの。Yさんから聞いたこと、木田さんから聞いたこと、他の元信者の方から聞いたこと、何日もかけてまとめて、プロジェクターを使って図解までして説明したのよ。会場には一般の方もたくさん聞きに来てくれて、議論も盛り上がった。いろんな質問が出たわ。

でも、そこから導き出される教訓は、なかった。

この発表の三日前に、あなたのお母さんが亡くなった。

なぜか、私はそのことをとても伝えたかった。出張でお通夜に行けなかった私のために、支援者の一人がお母さんの臨終のお顔をメールで送ってくれたの。ほんとうに、おきれいだったのよ。うっすら微笑んでいて、まるで菩薩みたい。不思議ねえ。ご苦労なさったのに、なぜ、あんな満足したお顔で死ねるのかしら。お顔をプロジェクターで映してお見せしたかったくらい。もちろん、しないわよ。死者を人に曝(さら)すなんて悪趣味の極みでしょう。でも、会場に集まった人たちに、あのお顔を見せたら、みんなが、ほんの少しだけ真実の片鱗(へんりん)に触れるんじゃないかと思ったの。誰も想像したことのないあなたの人生の真実に。

会議は、時間が来ると、予定通り閉会になった。どんな会でもそうなの。議論が盛り上がろうと白けようと、時間が来れば終わり。延長していつまでも議論をするなんていう学術的な集まりは、日本ではほとんどないの。

みんな、会場を出て家に戻るころには、忘れている。

参加した人たちは、あの場で、臨場感をもって、地下鉄サリン事件を追体験して興奮した。その高揚感だけで十分満足なの。

私は、執念深い人間。私は事件の中に居続けたい人。研究なんかどうでもいい。ずっと考えていたい。事件の外側に出るのはいや。内側で興奮していたい。そういう、変態なのよ。Yさんと交流するうちに隠れオウム信者みたいになってしまい、関係者気分で、偉そうに研究発表までしている。

帰り道、京都の鴨川沿いをぞろぞろ歩きながら、だんだん深刻さが抜けて、日常に戻っていく感じを味わった。親睦会の居酒屋に入れば、オウムの話題もすっかり雑談になっていくの。これが、ふつうの人間の生活ってものだわ。よくわかっている。でも納得できない。気が済まないの。

Yさんと出会ったのだって、私があなたからの誘いに乗ったから。交流者を断わることだってできた。この現実は、私が望んで引き寄せたもの。

たぶん、すべてのきっかけは、「作家」というものになったことだと思う。

知らないかもしれないけれど、私は「彗星(すいせい)のごとく」デビューしたの(ほんとうにそういう見出しが雑誌についたのよ!)。処女作がいきなり売れて、あっという間に作家になった。そしてね、もみくちゃにされたの。いろんな人たちがやって来て、みんなで私を持ち上げてご機嫌をとってくれた。とってもありがたいことだけれど、私はあのとき気が狂ってしまったのね。

もう亡くなったけれど、ニュースキャスターの筑紫哲也さんを覚えている？　私たちの世代にとってはヒーローの一人よね。あの、筑紫哲也さんに会って、ＴＢＳの「ニュース23」のスタジオで一緒にお酒を飲んだことがあるのよ。

その日、まだディレクターだった報道局のKさんと新宿で飲んでいてね、私がべろんべろんになった頃にKさんが言ったの。「これから本番なんだけれど、スタジオに見学に来る？」って。私は調子に乗って、面白半分でくっついて行った。スタジオには、なんとゲストで立花隆さんがいたの。あの、立花隆さんよ！　いつもテレビの中にいる人がいきなり目の前に現われたら、誰だって混乱するでしょう。

控室でモニターを見ていたら、立花さんが入ってきて「どうも、初めまして」って言うの。さっきまでテレビで見ていた人が目の前にいる。頭が、ぐちゃぐちゃになって「あ、本物の立花さんですか？」って、私、立花さんの手を握ったの。本物だった。番組が終了すると、ディレクターさんが呼びに来て、ついて行くとスタジオの端っこにあるソファに筑紫哲也さんが座っていた。私、あのスタジオに自分が居ることが信じられなくて、ぼう然としていたわ。

有名な女性キャスターがビールを注いでくれたことと、立花さんの紺色の背広にふけがたくさん落ちていたことしか、記憶にない。

あの頃オウムの問題はとても生々しかった。まだ、Yさんとも出会っていなくて、世界に起こっている重大な問題はなに一つ私とは無関係で、私の頭の上を素通りしていくだけだった。だけど、筑紫さんは違うの。ジャーナリストとして世界のまっただ中にいる感じ。その自信がね、なんだか腹立たしかった。それで、私は筑紫さんに、喧嘩をふっかけた。内容は覚えていない。頭がおかしくなっていたのよ、だって、非現実がいきなり現実になるんだもの。ものすごくからんだらしいわ。ディレクターさんが困って、私を引っ張ってタクシーに乗せてホテルに帰したみたい。その後、一度も筑紫さんとは会っていない。酒癖の悪いくだらない女だって、思っていたでしょうよ。

私、なんであんなに筑紫さんにからんだのかしら。筑紫さんが、なんだかとっても上から目線に感じちゃったの。世界の中心にいて正義を叫んでいる感じがした。その自信が羨ましかったのかもしれない。彼だけが中心、彼の周りはみんな辺縁みたいな。そう感じたのは私の劣等感のせいね。

その後、あなたに会うの。

あの、地下鉄サリン事件の当事者のあなたと会うのよ。ありえないことだわ。だから思ったの。内側への通行許可書を手に入れた、って。

特別な使命をもって作家になったって、感じたの。いえ、そういう妄想を自分で選択した。だから、その妄想をより強固にするために、思いっきり事件に巻き込まれたかった。

いつだって、社会とか世界って、私とは関係なく動いていた。政治も経済も、国際的なテロ事件や、犯罪も、私の日常と具体的な接点なんてなにもなかった。ただ、テレビやネットのニュースとして流れてくる情報。飛行機が爆破されようと、中東で戦争が起ころうと、現実感をともなうことはない。日常はとっても平凡で、ありがたいことに、そこそこ平和。でも、それってつまらないの。情報だけが入ってくる。すごいことが起きていても、私はその内部にいない。いつも外側で無視されている。ところがね、作家になったとき、何かがくるっと反転した。

無名の大衆の一人ではなく、現実に果敢に踏み込む力をもった存在になれた。そう感じたときは、興奮したなあ。

作家というものになったら、いろんなことが引き寄せられてきた。かつての私では会えもしないような、著名な学者や、文化人、芸術家、ミュージシャン、雲の上の存在だった人たちと、話ができるようになった。うきうきよ。まるで都会に出てきた田舎のお上りさんみたいな感じ。私は、素直に喜んだ。大舞台に上がったって。

そして、ここのところが大切なんだけど、この場所から降りないようにしなければ、と、不安になった。せっかくワンランク上の自分になったんだから、世界の中心に居なくちゃ。そう、考えていた私にとって、Yさんとの交流は、地下鉄サリン事件というファンタジックな中心世界への入り口だった。私は、興味津々で、暗い入り口を覗き込んだの。わくわくしながら、不思議の国に迷い込んだアリス気取りで。

そういう、かなり間抜けな自分を自覚するようになったのは、老いぼれてきたからだと思う。老いというのは含蓄のあるものだわ。人を冷静にさせる力がある。ずっと長いこと、私は、舞い上がっていた。この事態に。できる限り、能動的に関わろうとした、オウム事件に。

あっという間に、十年が経って、気がついたら、子宮もなくなって、片道二時間半をかけて東京拘置所に面会に出かける気力も失せてきた、というわけ。

自虐的になっているように、感じるかもしれないけれど、ロングショットで見ればそういうことなの。

そうそう。佐木隆三先生が、亡くなりました。

以前にもお話ししたけれど、佐木先生にお会いしたとき、私はとても困惑した。林郁夫、井上嘉浩、二人の実行犯に対する見解があまりに食い違ってしまって、まったく接点を見いだせなかった。先生は、前年に脳卒中で倒れて、半身不随の状態。それでも、私が行くことをとても楽しみに待っていてくださった。私も、佐木先生との対話に期待をしていた。

先生は社会派だから、テロ行為と、社会的な状況の関わりに独自の見解があるのでは、と思っていたの。実行犯の人たちの心理的な葛藤は、太平洋戦争時の日本人兵士と似ている。戦争時の日本とオウム真理教の教団内には、たくさんの共通項があると、私は仮説を立てていた。オウム真理教事件は昭和史の中にどう位置づけられるのか。

ところが、いくら質問をしても、先生はそのことに意識を向けようとなさらない。社会的な状況とオウム真理教は、佐木先生の中でほとんど重ね合わされていなかった。なぜかしら、って、とても不思議だった。

いまになってやっと、佐木先生の謙虚さが、理解できる。

先生は、傲慢に事件の内部に入ろうなんて、思っていらっしゃらなかった。じっと傍聴席の最前列に座って、裁判を傍聴し続けた。佐木先生は、自分の目で、ありのままを見ようとした。私のように妄想を膨らませて、その妄想の内部で事件を解釈しようとはしなかった。

たぶんそれが、本物の戦争を知っているってことなのよ。

私は戦争を体験していない。その雰囲気、空気感を知らない。あんな巨大なファンタジーの内部に入った経験がない。だから、ファンタジーの本当の怖さがわからない。佐木先生は、戦争の怖さを知っているから、現場主義に徹したのじゃないかしら。

外から内に入ろうとする時、人は二つのものを対立させている。内も外もない。ただ、分けて見ている自分がいるだけ。

でも私は、猛烈に内側に入りたかった。オウム側から世界を観るという、一見、新しく見える構図に魅力を感じたわ。オウムの側から見れば、世界は変わって見えるに違いないって、そう感じていた。違う。ただ反転させても同じこと。

林郁夫の裁判での反省、私はその姿を見ていない。佐木先生は自分の目で見て「あれは、真実だ」とおっしゃった。見て、感じたままを作品に書いた。

事件はそれぞれの人間が主観的に観ている。私は事件の内側に入ろうと躍起になっていたけれど、それはまだ、自分ってものを理解していなかったから。

私は林郁夫とも、井上嘉浩とも会ったことがない。だから私の意見は、謂わば私のファンタジーなのよ。私が会ったことがあるのは、Yさん、あなただけ。

でも、そのあなたとだって、ちゃんと向きあって来たかしら。

ここで、一つの問いを立ててみる。ものすごくシンプルに。

私にとって、オウム真理教とはなんだったのだろう？　と。

答えは……、なんでもないの。

私はこの事件に、無関係なの。それだけなの。まったく無関係なの。私が知っているのは、地下鉄サリン事件実行犯で死刑囚のYさん。それだけなの。

それなのに、無理やり関係者であろうとしたの。そういう風に意識を事件に向けて、事件との接点を探し続けてきた。ね、これって、まるでストーカーみたいじゃない？

笑ってよYさん。私はずっとオウムのストーカーだった。

私が事件から得た最大の教訓を教えるわ。

「人は自ら関与し巻き込まれようとする」

どれほど、情熱的に、この事件に私が関わろうとしたか、どれほど情熱的に、元オウム信者の人と交わろうとしたか、私の手紙に満ち溢れているでしょう。なぜ、それほどまでに、私は知りたかったのかしら。なにを？

オウム事件の真実を追っていた、なんて嘘っぱち。

私にとって、この事件の真実を知ることにどんな価値があるっていうの。社会のため？　正義のため？　未来の人たちのため？　宗教学者の人たちのように、この事件を研究して二度とこういう事件を起こさないため？

違うわ。私はそんなことに、これっぽっちも関心のない人間なの。そんなことどうでもいいの。学術的な分析になんてまるっきり興味がない。私はね、生きている意味を得ようとしただけ。どう、実に単純でしょう。

　これって、オウム真理教に入信した人たちと、似ていないかしら。だから、私は、遅れてきた信者なの。

　ここではないどこかがあると思った。ここは外側で、内側があると思った。その内側には、本質と繋がっている生の実感があると思った。だから内側に入ってみたかった。でも、事件の内側には私が期待していたようなものはなかった。だってぐちゃぐちゃなんだもの。ひどい渾沌。一人ひとり見ているものが違うのだから当然よね。なにがなんだかわからない。事件の全容なんて当事者のあなたですらわかっていなかった。たぶん、麻原彰晃だって、なにもわかっていない。誰も、なんにも、わかっていない、ということだけが、わかった。

　わからないんじゃ、お話にならない。

　だから私は、自分で創造した。クリエイトしたの。ここが作家の作家たるところよね。オウム真理教の真実をでっちあげた。そのために、Yさんの助けが必要だった。木田さんの助けも必要だった。あなた方を通して得た情報で、私なりの真実を組み立てようとした。でも、それって、真実でもなんでもない。真実というのは、佐木先生が傍聴席で見続けたものよ。真実なんてどこにもない。自分が見たものがすべてよ。

そのことを先生は「全裁判を傍聴する」という現場主義で示したの。

佐木先生はね、とってもあったかい人だった。こんな無責任な女が会いに行っても否定しなかった。先生が見て、感じたことだけを、教えてくれたわ。

印象に残っているのは、佐木先生が麻原彰晃の通っていた盲学校を取材した時の話。とても短い話よ。熊本にある盲学校を訪れて、門の前に立った時、先生は急に、麻原が気の毒になったのですって。麻原という男はどうしようもない最低の人間だよ、そう言ったあとで、こうつけ加えた。

「しかし、盲学校に十三年間、目が見える状態で閉じこめられるというのは、辛いことだろうなあ」

そのとき、私はあなたのことを思った。

以前に、手紙に書いて来たでしょう。盲目の教祖が、瞑想ルームの厚い扉に頭を打ちつけてひっくり返った、って話。

その日、Yさんは瞑想ルームでサボタージュしていたのよね。昼寝をしていると、ふいに扉が開いて麻原が入って来た。びっくりして息をひそめていると、開いた扉は惰性で閉まり、なんと麻原の顔面を直撃。防音装置付きの重い扉に激突した麻原はひっくり返った。Yさんは声も出せず、その一部始終を見守った。麻原、さぞ、痛かったでしょうね。尻餅をついた麻原は「はあ、びっくりしたなあ……」と呟いたそうね。

Yさん、ずっと気配を殺してその場に居るのも大変だったでしょう。

Yさんが瞑想ルームに居ることすら気づかず、麻原は部屋をヨタヨタと横断して反対側の扉から出て行った。「だからAには超能力などというものはありません」と、あなたは締めくくっていた。教団が大きくなった頃、麻原は失明した。皮肉ね。盲学校時代は、盲人の中で唯一目が見えた麻原が、教団ではただ一人の盲人。

私のなかで、佐木先生とあなたの話が繋がったとき、「見えない」ってことの意味がぐにゃって溶けて変形した。あ、そうか、麻原は教団を盲人の集団にしようとしたのだ、って。

麻原だけに見える神がいて、麻原だけに見える世界やビジョンがあったら、教団内では目明きは麻原、盲人は信者ってことにならないかしら？

麻原は盲学校時代の状況を教団に再現した。教団が活動をしたのは十二年。ほぼ、麻原の盲学校時代と一緒。麻原は教団のなかに、自分が一番好ましい状況を創り上げたんだ、と。

もちろん、これも、私のファンタジー。

佐木先生が聞いたら「君はほんとうに想像力が豊かだ」って呆れるかも。だって、私は麻原の盲学校も見ていないし、当時の教団の様子だって知らないのだから。

一時が万事、こんな調子。ひらめくの。あ、そうか！　って。

このひらめきは魅力的で、抗しがたい力をもっている。沸騰した鍋の底から、泡粒が無数に上がってくるみたいに、熱くなればなるほど、得体のしれないものが、心の表面にわきあがって、オウム真理教との心理的な共鳴が起こってしまう。危険なことだとわかっていても、面白いのよ。次々と、神経衰弱のカードが合っていく感じ。

教団が最も勢いを持っていた時代、信者はみんな、私みたいなひらめきのドライブ感を体験していたんじゃないかしら。ひらめきが来ると、自分が世界の中心にいる気分。生きている感じがするの。それはね、癖になる。妙な高揚感。すべてが繋がっていって、外の世界と内的世界の区別がつかなくなって、神秘体験の扉が開くの。

私はだんだん、オウム解釈に夢中になっていった。

そのように見ようと意識すれば、意識を向けた方に無限にサインが現われる。関係があると思えば、なんだって繋がっていく。バラバラに散らばった出来事の配置を読むのは、わくわくする。カルマだと思えばカルマ、救済だと思えば救済、意識を向けた方向にどんどん焦点が合って、現実が動き出す。古代人が星を繋げて神話を作るみたいなもの。意味づけは、それぞれに自由なの。

たとえば、以前にも言ったでしょう。

麻原彰晃は、金剛村に生まれていた、と。

これは単なる偶然。でも、事件全体のなかで観ていくと、まるで仕組まれた運命のようにも感じる出来事。密教＝金剛は、麻原彰晃のキーワードですもの。ね、そういうふうに私が意識を向ければ、物事はどのようにでも繋がっていく。金剛村↓密教↓タントラ・ヴァジラヤーナ。私は偶然に意味を与える。それは、とても興奮する創造的な遊びだった。

長いこと、私はシャーロック・ホームズ気取りで、いろんな角度からオウム真理教を見ては分析し、解釈し、理解しようとした。なぜあんな奇妙な事件が起こったのか知ろうとしてきた。裁判の証言記録を読み、教団の教義や、修行の内容も細かく調べた。教団内でどういう生活が営まれていたのかも、おおむねわかった。だからって、それがなにかの教訓になったかと言えばそうでもない。

知っても、知っても、事件のことはなにもわからない。

でも、唯一わかったことがある。

それはね、自分が、どういう人間かってこと。

何度も言うように、私はこの事件に巻き込まれようとして自分から巻き込まれたの。この事態の内部に入って、この出来事を我が事として実感したいと熱望した。

この熱望、この世界実感への渇きが、Yさんとも、木田さんとも、もしかしたら他の信者の人たちとも共通しているのかも。

なんで、私は、こんなに、事件に巻き込まれたかったのかしら。いまは、ごめんよ。体がついていかないから。だから、老いるって素晴らしいことなの。どこにも行けなくなったとき、やっと「いま、ここ」にいる自分を発見できたのだもの。

もう、私、ここ以外のどこにも行きようがない感じなの。肉体をもって生きる実感。年をとれば誰だってわかるのに、若い時はあえてそれを感じたいと願う。こんな不愉快なものを、得ようとして人は、ゴムをつけて谷底に飛び込んだり、手首をカミソリで傷つけたりもする。

すべての人が、とは言わない。でも全人類の何パーセントかに、激しい生の実感を求めてしまう人たちが、うつ病になるのと同じくらいの確率で存在している、そういうことだと思うの。

Yさんだって、生の意味や、生きている実感を得るためにわざわざ修行したのではないの？　何千回も五体投地を繰り返して、死にそうになるまで断食をして、水中で息を止めて、熱湯に入ったり、土中に埋められたり。よくもまあ、あんなことを。修行が嫌いだって言っていたけれど、それは教団が暴走し始めてからのこと。あれだけの難行をすれば、そりゃあ神秘体験の一つや二つはする。そういうのって、わくわくしたでしょ。より強い刺激、生き甲斐を求めて、出家した。自分から、教団に飛び込んで行ったのではないの。

私はそうなの。事件に関わろうとしたのは、非日常的な事態に巻き込まれることを望んだから。そうでなければ、反社会的な事件に長いこと意識を向け続けたりはしない。

私は、Yさんを通して、この事件に巻き込まれることで自分の欲望を満たそうとしていた。そのことが、いまはっきりわかる。こういうくだらなさを認めるのって苦しいわ。みぞおちが痛くて吐きそうよ。オウム流に言えば「観念崩し」ってことかしら。オウム真理教に意識を向けたから、私もそこにぶち当たったというわけ。好むと好まざるとにかかわらず、そのようにして人は、何かに意識を向け、意識を向けたものによって、通過儀礼（イニシエーション）を受ける。選択は自分でしている。いま起きている現実は、自分が見たくて選んだことなの。たとえ、それがどういう状況であれ、人は自分が選んだことの結果を自分が背負う。

Yさん、板橋興宗禅師を覚えている？

板橋禅師も、ずいぶんお年を召されて、お元気だけれど少しボケが進んで、最近は私の顔も忘れてしまわれたみたい。板橋禅師のお寺には、全国からたくさんの方がお参りにやって来る。禅師の体を手で触っていく方もいらっしゃるのよ。禅師はただ微笑んで、いつも通りの自然体。

忘れるって、すごいことね。禅師は誰の顔を忘れても、何の不自由もないの。あの方は人に差をつけないから、いつ誰と会おうと、態度も、言葉も変わらないの。そのことを、禅師がボケられてからやっとわかった。私のことを忘れているのに、私への態度は変わらない。私が誰か、なんてあの方にとってはどうでもいいことなのよ。

「反省とは事件を忘れてしまうことだ」と、禅師はおっしゃった。

事件に関わろうとする限り、事件に意識を向けている限り、私たちはまた事件が起こるのを待ってしまう、望んでしまう。それはね、私が母の臨終の枕元に立って死に意識を向け続けると、死ぬのを待っているような気分になるのと同じこと。Yさんの死刑執行に意識を向け続けていると、執行を待っているような気持ちになってしまうのと同じこと。

「申し訳ないことをしてしまった」「あの忌まわしい出来事を二度と起さないように」と、意識を向ければ向けるほど、その忌まわしい過去を、いまここに再現してしまう。意識を向ける度に、人間は、意識したものを創造してしまう。それがどんなに最悪なことであっても、意識を向けた瞬間、心のなかでもう一度、最悪を経験することになる。

だから「忘れてしまえ」と禅師はおっしゃった。

これは私の問題なの。私はずっとあなたに事件のことを質問し、最悪の出来事を再現させ続けてきた。何度も、繰り返し繰り返し、確認しようとした。あなたが、悪い人だということを。

それが、私なの。

禅師は、私が妄想に突進しているドン・キホーテだと見抜いていた。だから、私が切り出したオウム真理教の話にぜんぜん乗り気じゃなかった。私が首を突込んでどうこうできる問題じゃないのだとわかっていらした。すべて私のエゴなの。

帰り際に、禅師は、おっしゃったのよ。

「あなたが、光を灯す人におなりなさい」と。

いつまで、そんな深刻ぶって無関係な、暗い世界に意識を向けて、そこに巻き込まれることを望んでいるんだ、いいかげんに目を覚まして、自分の目の前の人をしっかり見なさい。

あれはそういう「喝（かつ）」だった。

でも、私、さっぱりわからなかった。ポカンとしていた。あのときはまだ、事件が私を巻き込んでいると確信していたから。自分から巻き込まれているなんて、思ってもみなかった。ほんとうにそうなの。

いろんな人が助言をくれたのに、てんで気がつかなかった。私はただ、オウム事件に巻き込まれるために、あてどなく彷徨(さまよ)いながら、真実ってやつを探すことに夢中だった。それを、自らに与えられた使命のように思い込んで、大真面目。

やれやれ、困った人だなあと思っていたでしょうね、板橋禅師も、河野義行さんも。そう、河野さんも事件を解明しようとか、信者を説得しようなんて、一度もなさらなかった。河野さんは、淡々とただ自分にできることをした。冤罪をかけたことに対して謝罪しないマスコミや警察を恨むこともなく、憎むこともなく、冤罪撲滅のために警察官を相手に講演までしていた。麻原彰晃に関しては、ほとんどコメントしなかった。くだらない事に深入りせず、ただ、自分が体験したことを社会に役立てたの。オウムが何だったたか、なんて、河野さんは興味がなかった。信者にも一人の人間として接し、誠意を尽くした。

河野さんは、禅師がおっしゃるように「光を灯す人」として生きていた。それなのに、私は河野さんと会いながら、それがわからなかったの。そしてね、なぜ河野さんは、自分を貶(おとし)めた人たち、自分に害を加えた人たちを恨まず、許すことができるんだろう、自分を迫害した社会に貢献しようとするんだろう、この人の心の中はどうなっているのかしら、と分析を試みた。

私はいつも、人の心の暗い部分を見たがっていた。

きっとこの人のなかにも、闇はあるはず……と。

そんなことあたりまえよね、闇は誰にだってある。問題は、そこに意識を向けるかどうか。私は、向けていたの。無自覚に。

流れが変わったのは、平田信の公判の時だった。

Yさんが、証人として東京地裁に出廷した、あの時よ。新聞社から依頼があって、あなたの証言を聞いて裁判傍聴記を書くことになった。またしても深刻に、真面目に、死刑制度や司法制度を世に問うつもりでいたわ。

その感じ、よくわかるでしょう？　裁判の後に面会に行ったわよね。私はどんな顔をしていたかしら。慈悲深くはなかったでしょうね。目がギラギラしていたんじゃないかしら。あなたからどう見えた？　今度会ったら、正直に教えてほしい。

東京地裁の傍聴席は、緊張する。すごくエキサイティング。事件の内部にいることを実感できる。記者たちとの会話も、この世界のど真ん中に自分が生きているという実感を与えてくれた。私、当事者そのものだった。だって、あなたの知りあいなのよ。S席のご招待券をもらった気分。椅子には「ご関係者」って貼り紙が見えたくらい。

出廷したあなたが、傍聴席の私に気づいたら、軽く手くらい振ってみようなんて、思っていたの。いかにも知りあいっぽくね。そういうことは、勝手に空想されちゃう。

歯止めなく頭に浮かんでくる。私は無邪気にはしゃいでいた。

ところが、事態は、私の予想通りには進まなかった。

いきなりアコーディオンカーテンが引かれて、法廷が隠された。再びカーテンが開くと、中央に四角い囲い。あなたの姿は白い囲いに覆われてまるっきり見えない。

もう最悪よ。あの裁判を佐木先生が傍聴していたら憤慨したでしょうね。唯一、一般の人たちが見ることのできるリアルを、拘置所側が隠してしまったのだから。

なに、これ？　って思ったわ。

あなたが法廷で証言した内容は、以前の裁判記録に残っているものと変わらないのだけれど、実際にあの場でYさんの口からじかに語られると、まるで違うものに感じた。聞いているとイメージが頭の中にありありと浮かんでくる。

だから、佐木先生は裁判傍聴を続けたのね。容疑者たちの生の声に出会う唯一のチャンスだから。先生と同じように、傍聴席で、あなたの証言を聞いた時に、頭ではなく、体が、つかんだものがあった。頭が妄想ででっち上げていたものと違う、別のなにか。

あなたは、事件の起こる前日、今川の家という教団アジトでの出来事を、とても詳しく語った。その言葉の、微妙なイントネーションや、語尾のニュアンスから、見えったた。

てくる風景があった。それは、いくら手紙を読んでも感じ取ることができないものだった。

あなたの表情を見たいと思った。

表情を見れば、もっとくっきりわかるかも、って。でも、あなたの顔を見ることができないから、私は裁判員の顔ばかり見ていた。他に見るものがないんですもの。裁判員の顔は、裁判員を演じている顔だった。みんな裁判員になろうと一生懸命だった。真剣に、真面目に、深刻に、裁判員らしくあろうとしていた。だってそうでしょう。他人の人生がかかっているんだから、なるべく主観をはずして、社会的な常識に添おうとするに決まっている。公正な裁判のための公正な倫理観を、みんなが必死で探っている。私にはそう見えた。

だから、裁判員制の導入された裁判は、ますますお芝居みたいだった。おまけに、真ん中には四角い囲いがあって、あなたのか細い声だけが聴こえてくる。その声ときたら、風邪っぴきで、しわがれていて、ひどくみじめったらしいの。

あなたが退廷する時も、粛々（しゅくしゅく）とカーテンが引かれた。目の前が真っ白。変でしょう。それなのに、みんな生真面目な顔をしちゃって、不満なんか一言も洩らさない。むしろあっけらかんとしているの。カーテンの後ろであなたの気配が移動していく。こつこつ。小さな足音がする。あなたが舞台下手に消えると、再び、カーテンが開く。もちろん拍手はなし。間の抜けた法廷が現われる。裁判官が休廷を告げる。

なにもかも、暗黙の了解。

あの平田信の裁判で、あなたはほんとうに傷ついていたね。面会に行くと、Yさんは刑務官の人たちと親しげで、時には冗談を言いあったりしていたじゃない。Yさんは刑務官を信頼していたし、彼らもあなたのことを信頼していた。あなたは模範となる死刑囚だった。刑務官にもいつもねぎらいと尊敬の気持ちを持って接していた。問題を起こしたことなんか一度もない。その、あなたを、つまり、Yさんという人間を最も良く知っているはずの東京拘置所が、あなたを、凶悪人物として扱った。

死刑囚を隠ぺいする東京拘置所。それはね、とても滑稽で悲しい姿だった。私が知っている刑務官の人たちは、みんないい人たちだもの。あの人達は仕事だから死刑執行のボタンを押す。

きっと辛いと思う。心に黒いシミが残るでしょう。だって彼らは穏やかなYさんしか知らないのだもの。みんなあなたのことを悪人だなんて思えないでしょう。でも、死刑を執行する。法務大臣がハンコを押せば、上司から命令が下る。その命令には誰も逆らえない。

だからって、公務で人を殺させていいのかしら。

あの傍聴で、なにかが変わった。

それまでは、作品にするつもりなんかなかった。テーマとして難しすぎるし、なにより書きたいという衝動が湧かなかった。

どうしたことかしらね。家畜小屋のような囲いに隠されたあなたがいて、裁判員の目が一斉に囲いの内側に注がれているのを見たとき、この法廷のすべてが悪趣味に思えて、ぶち壊してやりたくなった。

書きたい、と思った。


地下鉄サリン事件の前後三日間、それが当初は私の関心の中核だった。

事件の前、事件、そして事件の後になにがあったのか。特に事件の前日と事件の後については、しつこく手紙で、面会で、質問を繰り返した。ほんとうにごめんね。質問を送ると便箋を何十枚も使って、ていねいに返事をくれてありがとう。しかも、その手紙の内容が温かかった。誰の悪口も言わないように、あなたが一番、口にするのすらためらう麻原についてだって、精いっぱい丁寧に答えてくれたよね。

私はあなたの証言と手紙を基に、事件についての原稿を書いた。

書いたけれど、やっぱり何もわからなかった。意味のある教訓は、なに一つ引っ張り出すことができなかった。そのことにとても焦った。ようするに、私って、クローズアップでしか物事を見られない近視ってこと。どう考えたって、地下鉄サリン事件の前日に起きていたことは、ドタバタ喜劇。でも、それがうまく読み取れないでいたの。

前日の今川の家での、チグハグなやり取り。コミュニケーションが取れず、不満と、不安で空気がビリビリしているのがよくわかる。あのとき、Yさんはすでに予感していたのよ。ものすごく不吉ことに巻き込まれているのを。このダーティワークはこれまでとは違う、危険だって。仲間も、気配を察知してみんな頭がおかしくなってる。Yさんが唯一心を許していたのは平田信。だから、あなたは彼と二人きりになりたかった。周りが狂っているって確認しあいたかった。でも、あなただっておかしかった。全員、狂っていた。

会話すら成り立たないなんて、健全な組織じゃない。不健全さが日常になると、犯罪が起きる。そんなこと、みんな知っている。あなたは、不健全な組織の理不尽な状況から逃げようとしていた。おちゃらけ、悪ふざけ。思いつく限りの方法でデリケートに「オレは、もうイヤなんだ！」って表明している。無力な抵抗者。それが「あなた」なのよね。

私って、自分でもがっかりするほどがさつなの。だから、二十分の面会時間だけでは、教団の空気がちっとも把握できなかった。裁判という場で初めて、長時間のまとまった証言を聞いたとき、ある微妙なニュアンスが摑めた。

あなた方の、想像を絶する、ナイーブさが伝わってきた。

みんな、それぞれに崇高な目標をもっているのに、状況に巻き込まれて脱線していくの。不条理の力ってすごいのね。きっと、戦争が始まる前の日本も、あんな感じだったのかも。

あなたの証言をもとに、今川の家での出来事を書いてみた。ある程度の言語化はできた。でも、書いたことで私の内的な変化は起こらなかった。私はまだ、自分が何を書こうとしているのか、わかっていなかった。

どうして、書けないのかしら。

もっと、なにかあるはず。

悩んだ揚げ句に、今度はオウム真理教を取り巻く大きな社会状況に目を向けたわけ。Yさんに心理的な圧力を加えていたものは、教団だけじゃない。日本そのものじゃないのか。教団もまた外圧を受けていびつに変化していったのじゃないか。個人から、教団へ、教団から教団の外へと、少しずつ思考の輪を広げて行った。

笑わないでね。外に、意識を向けたとたん、発狂したの。

次々と標識が現われて道が繋がっていく。第二次世界大戦、原爆からゴジラ、水俣、風の谷のナウシカまで。

私が意味を与えた瞬間から、なんだってリアリティをもって動き出す。それが快感なの。ファンタジーに巻き込まれていくのって波乗りみたい。意識が飛んじゃう。その感覚は最高にスリリング。

どんどん現実離れしていく私の言動を、Yさんが一番、心配してくれたわね。「麻原はゴジラだと思う」と言った時のあなたの顔ったら。「大丈夫かなこの人」って思ったでしょう。

そうなの。私は発病していた。

もしかしたら、サリンを撒く前日の井上嘉浩や、村井秀夫も、あんな感じだったのかも。麻原彰晃に意識を向けると、体の内側がぞわぞわしてくる。きっと神話的なシンボルをたくさん含んでいるから、こちらの無意識に潜んでいる怪物が目覚めてくるのね。私は作家だから、無意識との細いパイプから物語を汲み上げている。日常生活がそもそも妄想的な物書きが、神話のシンボルに掴まった時は、狂うのが早いのなんの。一気に、無意識からガジェットな情報が流れ込んできて、全部が繋がって、パンパカパーン。頭がお花畑の人になっちゃうのよ。

迂闊に意識を向けると危険。この事件は魅力的過ぎた。

富士山に木田さんと二人で行った時、私は、強く、強く、麻原彰晃に意識を向けた。これまでにないほど、熱烈に、麻原彰晃について考え、麻原について知りたいと熱望した。そのときに、私が入ってしまった妄想の炸裂は、案外と誰にでも、起こりうるものだと思うわ。

あの時の体験はね、鮮烈だった。

木田さんと二人、車に乗って、富士山総本部跡に向かいながら、なんだか夢を見ているみたいな気分になっていくの。総本部跡は「盲導犬の里」になっていて、「盲」という文字を見た瞬間に、ああ、夢に入ってしまった、って感じた。立ち寄った人穴洞穴には即身成仏をした修行者がいて、その洞窟は江の島まで繋がる。江の島弁財天がなぜか盲人の守護神で、そうやって、シンボルの中に意識が取り込まれていく。

目の前に現われた富士山は、いつもの富士山とはまるで違った。化け物みたいだった。あのね、私は、富士山の近くに住んでいるの。だから、よく見に行くの。だけど、あの日の富士山はね、ぐにゃぐにゃしていた。どう言ったらいいのかしら、いまにも動き出しそうなほど、生っぽかった。

あの場所にはまだ、麻原の記憶が残っているみたいで、怖かった。麻原という人に意識を向けすぎるのは危険なのかも。いまでも、麻原彰晃のファンタジーは見えないエネルギーのレベルで残っていて、意識を向けるとこっちが呑み込まれる。本当に、体でそう感じた。

事件から二十年経っても、はっきりとあの人を感じるのよ。なぜなら、私は遅れてきた信者だからね。

この私が、二十年後に巻き込まれるくらいの妄想の強さだもの、当事者たちはどうでしょうね。財産を捨ててオウム真理教に出家するような、思いっきり巻き込まれたい人たちだもの、あの富士山の麓で修行をしていて冷静になるのは難しかったと思うわ。富士山は日本の霊性のシンボル。天皇と同じくらいのパワーがある。富士山総本部に移ってから、教団が過激化していったのはわかる気がするの。あの富士山に見られていると、気分が昂ぶってくる。爆発しないではいられない感じになるの。

Yさん。あなたは。誠実で、優しくて、穏やかな人であろうといつも意識している。そのことを私は知っている。あなたに会ったことのない人がなんと言おうと、私が見ているYさんは「殺人マシン」なんかじゃない。

そのことを踏まえながら、私は、あなたについて、もう少しだけ書くわね。なにも教訓めいたことは、導き出せないけれど、とにかく書く。

あるエピソードに、私の意識は向く。なぜか、忘れられない。この話から始めてみる。ものすごく、くだらないこと。

Yさんは、教団から指示されるダーティワークがとってもイヤだったのよね。それは何度も繰り返し手紙に書いていたし、面会でも言っていた。あなたは、教団の闇の仕事なんか、これっぽっちもしたくなかった。

Yさんが最初に命じられたダーティワークは、坂本弁護士一家殺害のために教団が借りたアパートを解約して返すための掃除と手続きだったわね。そのとき、Yさんはまだ教団が犯罪事件に関与しているなんて知らない。ただ、奉仕活動をするためにアパートに行った。そこが、どんな目的で借りられたかも知るよしもなし。

アパートには大した荷物もなく、掃除は簡単だった。ただ、妙なものが畳の上に落ちていた。あなたはそれを拾う。

なんだこれ。

黒くって、ふわふわした毛みたいな塊。取上げて、じっと見る。それは、つけ髭。なんで髭が落ちているんだろう、変だなあって、思う。

髭って、変装に使うものよね。誰だってわかる。だからあなたも「どうして変装を」と思ったでしょうね。不吉な予感はもうこの時から始まっていた、はっきりそう言っていたでしょう。

この時、あなたの心に不安がよぎる。もしかして、なにか変なことやっているんじゃないかって。でも、そこに強く意識を向けなかった。これは修行のためのワーク。疑問を持ってはいけないから。髭は捨てられ、記憶の奥底にこびりついた。シミみたいに。

つけ髭って、滑稽よね。つけ髭でやれることって何かしら。思いつくのは、お芝居。誰か別の人間を演じるために髭がいる。不気味ね。それが宴会芸のためじゃなく、大真面目に、そこに落ちていたとしたら。

私、法廷でYさんの証言を聞いてずっと、あの髭の話を思い出していた。髭は、ダーティワークとオウムの嘘くささの象徴。あなたは、髭を拾った時にもっと自分の直感を信じるべきだった。でも、そうはしなかった。だって、たかが髭ですもの。拳銃とか、ナイフとか、そんな恐ろしいものじゃない。見つけたのは、仮装パーティーに使うような、安物のつけ髭だった。

サリン事件の前日、今川の家で、あなたと平田信は、アジトに置いてあったロングヘアーのかつらをかぶって、悪ふざけをして遊ぶでしょう。「こんなもん、使えねえよなあ」って。

このシーンと、あなたが髭を拾うシーンが、私のなかで二重写しになった。

ああ、予感がこういう形で現実化したんだ、って。だから、人間はね、予感を感じたら無視しちゃだめなの。今さら言ってもどうしようもないけれど、人生って、こういう形で未来を、なにかのサインで送ってくるのだって思った。

事件の前日、あなたはとっても憂鬱。上司の村井秀夫から、すでにダーティワークの指示が出ていた。それも、警察の目を一斉捜査から逸らせるという、その場しのぎの作戦。場当たり的な指示を繰り返す村井に、あなたはうんざりしていた。

当時、村井のことを「頭がどうかしている」って、平田に話しているわよね。「本気でヤバイのは新実智光じゃなくて村井のほうだ」あなたはそう感じていた。なぜ？ 新実が、信者の首を絞めたり、熱湯に入れて大やけどをさせたりしているのを知っていたのに、なぜヤバイのは村井のほうだと感じていたの？ 鬼軍曹の新実のほうがずっと残忍で怖いじゃない。

村井は、一般の信者からはもの静かな優しい人と思われていたし、麻原の子どもたちからも兄のように慕われていた。彼は子どもの頃から、超能力とか宇宙の見えないエネルギーに興味を持っていたと聞いた。スピリチュアルで純粋、だから本気だったのかもしれない。

あなたが、村井を怖がっていたのは、なぜか考えたの。

彼が、誰よりも麻原化していたからじゃないかしら。

「教団では、麻原化することが、一種の保険だったんです」

そう言ったでしょう。私、どういうことか、なかなかわからなかった。でも、教団跡地から富士山を見たとき、やっと腑に落ちたの。

人は、偉大なものと一体化しようとする。信者は、麻原と自分を一体化させたのね。珍しいことじゃない。富士講では、信者は偉大なる富士山と一体化するために修行をするのだから。

麻原は自らを世界の中心とするために富士道場を開いた。中心は、絶対無二＝不二だから。麻原は富士山と自分を同一化させた。だから、教団では、中心である麻原と同一化することが、最強の修行であり保身。

教団組織が機能不全になり、不満を持つ者への粛正が始まったとき、弟子たちは熱烈に、麻原と同一化をし始めた、特に、側近たちが顕著に、ミニチュアの麻原になっていった。

とりわけ麻原化が著しかったのが、村井秀夫。村井は、だんだん麻原以上に麻原になっていった。村井は影の麻原。刺殺されて、身代わりになるくらいに。

今川の家から、マンション爆破事件、地下鉄サリン事件、一連の流れは、すべて警察の強制捜査という刺激を受けて起こっている。警察の目をなんとか教団から逸らす。そのための自演テロ。国家転覆なんか狙っていない。だから、テロを模倣したテロ。お芝居のテロ。本気じゃないの。テロに見せかけて強制捜査を遅らせるために、あんな大掛かりな芝居を組んだ。このシナリオを考えたのは、たぶん井上。そして指揮をしたのは村井でしょう。

Yさんは、よく言っていたじゃない。村井の下で働くのが一番大変だった。村井という人は、頭の中だけで物事を組み上げて、現実的な予測がまるで出来ないんですよ、って。

私は村井っていう人を知らない。村井のことを話す、Yさんのことを知っているだけ。村井の名前を口にするとき、あなたは今も、とても不安そうにする。他の人にとってはどうか知らないけれど、あなたにとって村井が、麻原よりも怖い存在だったことがわかる。村井は完全に麻原化して、麻原の心を読み取り、麻原すら自覚していない麻原の破壊性を現実化したから。他の信者たちもそれに同調を始めた。偉大なものに一体化しなければ、粛正される。あなたは、そんな仲間たちの集団狂気を心底、怖れていた。違うかしら。

事件前日に、あなたが新宿で買ったものは、変装用の背広一式。大きなお芝居を始めるわけだから、仮装の衣装は必需品。Yさんったら、背広のズボンの裾上げなんかしている。ほんとに、文化祭の出し物の準備みたい。

渋谷のマンションで待機しながら、近くのコンビニに足りないものの買い出しに行ったり、お風呂に入ったり。あなた方は最悪の状況なのに、とってものん気そうなの。お風呂がリノベーション済みで新しくて気持ちよかった、なんて。わざと平常心を装ってふざけているんでしょう。頭ん中は真っ白。行動は場当たり的で、心のハリネズミ状態。

教団がテロ組織になるなんて、誰も信じたくなかったのよね。冗談にしてしまいたかった。でも、怖れれば、怖れるほどそちらにしか意識は向かなくなる。たぶん、内心ではそれぞれに最悪のことを想像していたはず。だって、終末が来る。世界は崩壊する。それが私たちの世代に大量消費された文化だから、デフォルトで刷り込まれているのよ。

教団のサリンプラントは一月の警察の一斉操作を怖れて解体されていた。ロクな設備もなかった。一日やそこらで、サリンなんか作れるわけがない、あなたはそう思っていたし、思いたかった。事件後に信者はみんな言う。どうせオウムのやることは全部失敗するから、サリンが作れるわけがないと思っていた、と。

なのに、奇跡的に出来てしまった。不完全だけどサリンらしきものが。奇跡って起きるのよ。みんなの意識が終末に向かっていたのだもの。井上も、村井も、新実も、あなたも、本当は破局してしまいたかった。限界だったのじゃないかしら、この緊張に。望んでいたのじゃないかしら、世界崩壊を。

Yさんはいつも、現場の実行隊長みたいな感じね。みんなの行動をカバーしている。微妙な立ち位置。頭がおかしくなった上司の下、責任感で部下たちを取りまとめている中間管理職。

あなたは村井や、新実、幹部たちからスパイじゃないかと疑われていた。重要会議にも出席させてもらえずつまはじき。それでも教団に残っていた理由を「サマナたちが好きだから」と言ったよね。あなたは、自分を慕う部下たちを守ろうとしていた。もちろん、家族や友人たちも。でも、暴走していく機関車を、止められると思ったの？

木田さんに聞いたのだけれど、あなたは、女性信者の人気投票で一位になったことがあるんですってね。衆議院選挙の前に、そういう投票が行われたって。ずいぶん下世話なことを。でも、それがオウムです、って彼女は笑っていた。

出家した女性たちによる人気投票だもの、人徳で選ぶはず。あなたには人徳があった。だから女性に人気があった。そうだと思うわ。あなたを悪く言う人に会ったことがないし、実際に、あなたはいい人だもの。

ただ、他の幹部はどう感じていたかしら。嫉妬って誰にでもある。特に修行中に感受性が過敏になると、嫉妬の魔境に入ると聞いた。もしかしたら、あなたのことは、教祖には、あまり聞こえのいいように伝えられていなかったかも。

仏弟子のアングリマーラの話を覚えているかしら。

バラモンに生まれた青年アヒンサの悲劇。アヒンサは悟りを目指して偉大な師に弟子入りする。美しく賢いアヒンサは、その才能ゆえに兄弟子から嫉まれるの。兄弟子たちは、アヒンサが師の妻と不倫していると嘘の告げ口をする。それも実に用意周到。三人の兄弟子が、別々に師を呼び出してこっそり嘘を教えるの。一人、二人の言うことは笑って退けた師でも、三人目になると「もしや？」と疑うのよ。人間の弱さがよく描かれているわ。五百人の弟子をもつ師が、弟子の不貞を疑うの。

物語は一気に破滅に向かう。師はアヒンサに「百人の人間を殺してその指を首かざりにして首にかけろ。そうすれば悟りを得る」と教える。アヒンサは、師の言葉を信じて殺人鬼「アングリマーラ」となる。

この物語は、いったい何を伝えたいのかしら。嫉妬に狂う兄弟子も悪いし、弟子を殺人鬼にする師も最低。でもね、解脱のために殺人鬼になることを選んだのは、誰でもない、アヒンサ本人。誰も彼に刃を持たせて、さあ、殺せとは言っていない。アヒンサという名前はね「害をなさないもの」という意味なのですって。

あなたも、人など殺したくなかった。むしろ、世の中の害にならない生きかたを求めて出家した。テロリストになりたいなんて、これっぽっちも考えていなかった。ところが、気がついたら教団が過激化していた。気がついたら、手にサリンを渡されていた。気がついたらサリンの袋を突いていた。

違うと思う。

一連のどんな場面にも、別の選択肢があった。この事態から逃れる方法はあった。あなたは、瞬間、瞬間に、選び続けた。教団に残ることを。事件後に逃亡を開始する直前まで、教団に残ることを選び続けた。そういうことなのよ。あなたは洗脳なんかされていない。その証拠に、他の信者の逃亡を手伝っているじゃない。でも、自分は、逃げなかった。残ることを選んだ。

あなたが教団に残った理由は、無数に考えられる。

でも、人間がなにかを選ぶ根本的な理由って、すごく単純じゃないかしら。

森の中でブッダと出会った時、殺人鬼アングリマーラはなんの怖れも持たずに自分に近づいて来るブッダに向かって叫ぶ。

「止まれ、止まれというのが聞こえぬのか」

すると、ブッダが答える。

「止まるのはおまえだよ。おまえは人を殺し、心は激しく揺れ動いている。おまえが止まりなさい。アングリマーラ」

後にアングリマーラはブッダに帰依し、悟りを開く。

アングリマーラは正気に戻った。

なぜ？


話を元に戻しましょう。

事件の前日、渋谷のマンションに着いた時、富士山の麓の教団施設に居る村井から、電話がかかってくる。教団に戻って来いと村井は言った。その電話を、あなたは、内容を聞き間違えたふりをしてごまかし、命令を無視した。

教団施設には戻りたくなかった。戻ったら、事態はまた一歩、望まない方向に進展してしまう。犯行計画を知っていたあなたは、小さな抵抗を試みる。村井からは再度、電話がかかってきた。戻って来いという村井に、あの手この手で、教団施設に戻らないための言い逃れをするあなたに、ついに村井がブチ切れる。

「なにやってんだ、すぐに戻って来いと言ったろう！」

「……井上から、ここに居て待つように言われましたので」

「とにかく、科学技術省のメンバー全員を連れて上九に戻って来なさい！」

「ハイわかりました。井上がそちらに向かっているので……」

このやり取り、じつにチグハグで面白いの。

もうこの集団には、まるっきりコミュニケーションが成り立っていない。戻って来いと繰り返す村井に、「わかりました」と答えながら「井上がそちらに向かっているので」と返事をしている。戻りたくないのよね。話題をなんとかすり替えようとしている。その場、その場で、場当たり的に返事をして事態を回避しようとしている。回避なんてできるわけないじゃない。嫌なら逃げるの。逃げればいいのに金縛り状態。トンズラすればいいのに、それを選ばなかったのはなぜ。

人間は、いまここでひとつのことしか選べない。ひとつ選んだら他は消える。そういう瞬間瞬間を生きている。人はみんなそのことに無自覚だから、ブッダは内面を意識することを教えた。それを学んでいたはずなのに、もはや怖れの自覚すらもてなかったのでしょう。

実際、難を逃れた信者だってたくさんいた。声明文をマスコミにＦＡＸする担当だった信者は「寝坊しました」と言って、関与から外れたじゃないの。いいのよそれで。なのに、あなたは、他者を残して逃げることを、選べない。

そのうちに、村井から三回目の電話がかかってくる。このとき村井は、完全にブチ切れて、ドスの利いた声で言うのよね。

「言うことをきかないと尊師に言うぞ、もし計画が失敗したらおまえの責任だからな！」

この脅しに、あなたは、屈服する。

「もし、自分に村井とAに対する恐怖心がなかったら、この時、教団施設に戻っていません。これだけは確かなことです」

手紙にはそう書いてあった。さらに、こんなことも。

「私が、犯行動機のなかに恐怖心があったと言うと、共犯者も、共犯者とはならなかった者も、世間の人々も、みんな汚いものでも見るような扱いをするのですが、私が村井の命にしたがったのは（それがすべてとは言わないけれども）最後に脅されるようなことを言われたからでした」

あなたの、恐怖心は理解されない。だから、あなたは「説明」をすることを諦めた。恐怖という人間の根源的な感情を言葉で説明するのは不可能だから。


村井の命令で、実行犯メンバーが教団施設に戻ったのは深夜。待っていた村井から、あなたはサリンの袋を見せられる。

この時、実行犯のメンバーは、村井の指示で翌日の予行練習をさせられるのよね。袋に入れた水を突いて破る。最初の一人がぶすっと突くと、液体が勢い良く噴き出した。これじゃあ危ない、自分たちに掛かってしまうってことになって、新聞紙にくるむ案が出てきた。誰かが施設内に新聞を探しに行く。戻ってきて、紙にくるんで、もう一度。今度はうまくいった。

この予行練習を、あなたはやりたくなくて、いちばん最後に、突く。

人里離れた、ハリボテみたいな教団施設で、男たちが袋に入れた水を傘で突いて、あーだこーだと言っている。それが、一滴で人を殺す猛毒だってことは、わかっているけど、心では「そこまですごいものじゃないだろう」って、たかをくっている。まだみんな、これは茶番劇だって思っている。現実を見るのが怖かったのでしょうね。心はそこにない。意識も働かない。

朝六時、マンションに戻ったメンバーはサリンの袋の分配をする。サリンは、全員に二袋ずつ手渡されて、なぜか一個余った。

なんでこんなハンパな数を作ったのかしら。サリンの分配は、村井があなたに直接に指示をした。

「余った一個は、Yがやってくれるな」と。だから、あなたは承諾するしかなかった。するとと村井は妙なことを呟く。

「余った一個を誰が受けとるか、尊師と賭けをしたんだ。尊師は、たぶんYだろうと言っていたよ」

この村井の発言に、あなたは「ムカッときた」と言っていた。ほんとうにひどい言い草。だけど、あなたはそのあとで「でも、村井にしてみたら私を喜ばせるために言ったのかもしれませんが」とつけ加えたの。

村井は、麻原が、あなたのことを気にかけていたと伝えたかった。そして、麻原を賭けに勝たせたかった。だから、あなたを名指しにした。そう考えると、村井がいかに麻原と同一化していたかがわかる。井上と新実もすでにミニ麻原。洗脳されたわけじゃない。みんな生き残りをかけて麻原に同一化した。

ねえYさん、狂人のなかにいたら、自分も狂うしかない。あなたは皆と一緒に狂ったふりをしていた。怖かったから。でも、それを選んだのは、あなたなの。狂ったふりをして一緒に行動をしたら、狂っていく。

もし、そこにブッダがいたらきっと言うでしょうね。

止まりなさい、アングリマーラ、と。


教団施設から持ち帰ったサリンのバッグを覗き込んだ時、誰かが「これ、漏れてるよ」と叫ぶ。近づいて袋を取り出したのは、またしてもあなた。二重にかぶせたビニールの内袋が破れている。みんなが不安がるので、それをあなたが引き受ける。なので、あなたは内袋が最初から破れているサリンと、あと二つ、合計三袋を持って地下鉄に乗ることになった。

どうして、わざわざ破れた袋のサリンを引き受けるの？　答えはわかっている。

「私がしなければ誰かがするから」よね。あなたはそうやって汚れ役を引き受けていくの。そういう人なの。結果、あなたの乗った車両からもっとも多くの死者が出たことで、あなたはマスコミから「殺人マシン」と呼ばれる。あなたは、三個のサリン袋を持っていて、しかも、袋を突いた回数も、一番、多かった。

私は、この事実からずっとあなたを誤解していた。いくら良い人に見えても、この人のどこかに、悪魔のような残虐性、劣等感、攻撃性が隠されていて、極限状況で発露したに違いない。そう思っていた。人間にはいろんな面がある。善人も、状況の中では平気で人を殺す。アウシュビッツ捕虜収容所の所長だったルドルフ・F・ヘスだって、家では優しいお父さんだった。人間の異常性なんて外見からはわからない。

私の興味は、ずっとあなたの闇。あなたの中にコンプレックスとか狂気とか、そういう暗い沼を探し出すことに向けられた。

なんてくだらないことに時間を費やしてきたんだろう。あなたに闇があるんじゃない。私があなたの闇に意識を向けていたということなの。私がそれを見ようとしていた。それだけのことなの。

人は、見たいものを見る。他を排除してでも。

見たいものだけを、クローズアップして、見る。だから、あなたのことがぜんぜんわからなかったの。あなたという人が。

ほとんど寝ずに教団施設と渋谷のマンションを往復していたあなたは、疲れきっていた。犯行時刻が近づくと、ぼう然としながら運転手役の信者と二人、かなり早めに出発し、指示された「上野駅」で地下鉄に乗ったにもかかわらず、なぜか「御徒町」の駅で降りる。そして、まだひと気のない御徒町の商店街を徘徊する。

あなたはこの時「麻原のことも教団のことも考えには浮かばなかった」と言った。真っ白。ただ、ものすごく憂鬱な気分で、ぐずぐず、そわそわ、街を歩き回った。一人よ。チャンスなのに。なぜ、この時、逃げなかったの。逃げることが出来たはずなのに、ここでも「教団に残る」ことを選ぶ。もし、ここで逃げたら家族、友人、部下に害が及ぶことは明白。「害をなさない者」であるために、あなたは逃げない。

下町を徘徊した後、指示された時間になると、あなたは混み合った地下鉄日比谷線に乗り、犯行に及ぶ。

深夜のサティアンで練習した通り、新聞紙に包んだサリンを突く。突く。突く。夢中で、突く。

「私は、小学校三年か四年の頃に、遊園地のプールで溺れたことがあるんです。必死にもがいて、もがき苦しんで、天地もわからなくなって。もうダメだ、って思って、力が尽きる最後に、多分、他人の浮輪かなんかだったですが、つかまることができて、自力で助かりましたけれど、袋を突く時は、あの時とまったく同じような感じでした。これは、今になって思っていることではなく、当時、犯行直後に、何十年も前の、完全に忘れていたその出来事を思い出したんです。不思議ですね。あ、あの時と同じだ……と」

地下鉄を降りた後のことも、そのままあなたの手紙文を引用させてもらう。

「……犯行後、犯行現場から離れて初めて一人になった時、私は、渋谷区役所の地下駐車場内のトイレにまっすぐに向い、サリンを突いた傘を、素手のまま折り曲げ、足でがつがつ踏みつけて壊したんです。前述したように、この傘は、井上の指紋がついているから、ということで井上から、必ず持ち帰れ、と指示されていたんだけれど、私は、抵抗があって持ち帰れませんでした。壊して、トイレのゴミ箱に捨てました。無論、井上からは怒られました」

あなたは、渋谷のアジトに戻ってから具合が悪くなり、林郁夫医師から、無理やり解毒剤を注射される。あなたは「打ちたくない」と激しく拒否した。「自分だけ助けてもらうのでは申し訳ない」と。でも、あなたの瞳孔を見た林郁夫が「このままじゃ危ない」と言って、心停止しそうなほど多量の解毒剤パムを打った。

井上や、新実がテレビニュースを見ながら「すごい騒ぎになっている」とはしゃいでいる様子を、横になったままぼんやりと見つめながら、あなたは無性に怒りを感じる。こいつらは頭がどうかしている、と。

「他のメンバーと一緒に居る時は、みんなの意識と合わせるようにして会話したり、行動したりするので、その時は否定的な思いを『オフ』にしてあります。『オフ』の時と『オン』の時では、随分違いがありました。この違いの開きが、毎年、毎月、徐々に、開くばかりで……縮まることは一度もなかった」

事件の後、あなたは一度だけ、麻原と会う。生涯で最後となる麻原との「謁見（えっけん）」。

事件が社会を騒がせたので麻原はご機嫌だった。

サリンを撒いたご褒美として、あなたはおはぎとピーチジュースを受けとる。報告を済ませたあなたは麻原の部屋を出るとすぐに、おはぎを口に押し込み、ピーチジュースで流し込んだ。理由を聞いて驚いたわ。

「他の信者たちの前で食べるのは、気の毒ですから」

いいかげんにして。人間はもっと身勝手でいいのよ。だいたい、おはぎとピーチジュースって何よ。そんなものをもらって、腹が立たなかったの。子どもの遣いじゃあるまいし、バカにしている。人を殺させてご機嫌の教祖なんて、頭がおかしいわよ。

私は、ものすごく身勝手な人間だから、なんで、あなたが、負けるとわかっていてグーを出し続けるのか理解できなかった。なにか裏があるに違いないって思っていた。

正直、苦手なの。自己犠牲とかって、うさん臭い。

人はいまここにしか生きられない。いまをどう生きて、何に意識を向けるか。そういう責任の取り方しか、できない。

事件後に逃走し、一人になって正気に戻った後、あなたは自分の思考と行動に意識を向け続けてきた。自分のやること全てに、責任を負っていた。私はそれを知っている。

じゃあ、私はどうかしら。

オウムの裁判記録を読んでいて気づいたの。事件の前夜、村井は、あなたたちにある指示を出していた。

サリンの袋を突くのは「一回」のみにしろ。

穴は少ないほうがじわっとサリンが染み出して被害が大きくなるという理由。実行犯の多くは、村井の指示に従った。

私は、あなたが凶暴だからサリンの袋を「めった刺し」にしたと思い込んでた。あなたの行動は抑圧された暴力性の発露だと決めつけていた。

でも違った。そんな単純なことじゃなかった。

「止まりなさい、アングリマーラ」

これは、私に向けられるべき言葉ね。

ずいぶん長い手紙になってしまった。ここまで読んでくれてありがとう。もう少しで終わります。

たぶんこんな話は、Yさんにするべきじゃないのかもしれないけれど、もう勢いで書いてしまおう。

私、父親を殺したの。おとといの晩のこと。

なぜ殺したのか、どうやって殺したのか、状況はわからない。はっきりした記憶もないのに、父を殺した感触だけが体に残っている。嫌な感じよ。罪悪感と後悔。いえ、それ以上に「やってしまった」という、おののき。怖れ。ああ、もう取り返しがつかない。終わりだ。奈落に吸い込まれていくような、あの感じ。

もうすぐ見つかる。時間の問題かも。どうしよう。吐きそう。とっても不安。夢であってほしい。そうよ、これは夢だ、悪い夢を見ているだけ。おかしいでしょ、夢の中でいっしょうけんめいに「夢でありますように」って祈っている。

そこに、ひょこっと兄が帰って来るの。

相変わらずの汚い風体。らくだ色のジャンパーを着て、ゆらゆら体を揺すっている。青黒い顔はニキビだらけ。ポケットにぎゅうっと両手を突っ込んで部屋に入ってくる。

部屋は、荷物で散らかっている。ほら、あなたが証言していた今川の家みたいに、紙袋とか、カツラとか、ダンボールが積んであるの。つけ髭もあった。真ん中に赤い炬燵が置かれていて、薄暗い。

「兄さん、どこに行っていたの?」

兄は、黙って炬燵に入る。

どうしてかしら、私、兄を見てほっとしていた。

そして、気がつく。

あれ……兄は、死んだのじゃないか。

そのとたん、ねんどを潰したみたいにぐにゃって夢が壊れた。はっと目が覚めてもまだ夢なの。体を夢の中に置いてきちゃったみたい。私、息をひそめてじっとしていた。動いたら現実に戻れない気がしたから。どれくらいたったかな。チュンチュンって小鳥が鳴き始めた頃、ようやく毛穴から蒸発するみたいに夢が抜けて楽になった。夜明け前で暗かった。風に乗って波の音がうんと耳元に聴こえた。ざざん、ざざん。プーも死んじゃって、誰もいない。

あなたに、謝らなくては、と思った。

ずっとあなたの手紙に励まされてきたのに、私ったらまだあなたに出会ってすらいない。ごめんなさい。

何百通という、あたたかい手紙を、ほんとうにありがとう。

また、会いに行きます。

羽鳥よう子

# 二〇××年　Y　死刑執行

あとがき
# 罪と罰

手紙のやりとりのなかで、私は林泰男をヤスさんと呼んでいた。

そう呼んでくれと言われたので、最初からヤスさんだった。私はランディさんと呼ばれていた。口論の時は田口さんになったけど、ランディさんの方が多かった。

ヤスさんの第一印象は、旅人。

プノンペンあたりの街角からふらっとやって来て座っている風情。面会に来たことに何度も礼を言われた。とても謙虚だった。

互いに顔色を探りながら、会っている時は話が弾んだ、というか必死に弾ませた。空気を吹き込んで膨らませた話題という風船を、透明の遮へい板越しにポーンポーンと投げ合っている感じ。面会時間が終わって部屋を出たら、終了。演技を終えた役者のように素(す)に戻る。妙な気分だった。ヤスさんはどうだったろう、私と会っていて楽しかったかな。独房に戻ってから何を思っていたんだろう。

彼を好きか、嫌いか？　と聞かれたら、嫌いではない……としか答えられない。

好き……という範疇にはいなかった。好き、なんて言葉で言い表せない。誠実な人だ。長く交流し、いろんなことを話し合った。でも、何ひとつわかり合えなかった。お互いの間の溝は絶望的に深くて、この深さにおいてヤスさんは特別な人だ。それは、亡くなった今も、拘置所に生きていた頃も変わらない。

ヤスさんは、実在したんだろうか？


交流を始めて数年、私はヤスさんから事件の話を聞きだそうともがいた。それは私にとって最大の関心〈あなたはなぜサリンを撒いたのか？〉の答えが欲しかったからだ。

「理由を知りたい」という私のどん欲を、彼は「わからない」と突っぱねた。

「いったいあの事件がなんだったのか私にもわからないんです」と。

その言葉にウソはなさそうだったが、だからといって納得もできず、「逃げられたろうに」とか「いったい何を守りたかったの？」とか、事あるごとに聞いていた。

答えに詰まると彼は下を向いて噛みしめるように言った。

「弁解する気はありません、私がどうしようもないバカだったんです」

ずいぶん後になって知ったのだが、彼は私に対してかなり警戒していたようだ。
「最初の面会の後で雑誌にその事を書いたでしょう。私に相談もなく発表したことを知って、そりゃあないだろうと思いました」

何でもお見通しなんだなと思った。彼の人徳というべきか……死刑が確定する前は多くの支援者がいて彼に関する記事が出ると知らせていたらしい。「あの作家は何を書くかわからない」と忠告する人もいたんだろう。

「私は書くのが仕事だし、すごく口が軽い女ですから」

冗談ではなく、そう言った。なのに、彼は死刑が確定する時に外部交流者として私を指名した。たぶん周りからは「やめたほうがいい」と止められたろうに。

交流して数年、注意深いヤスさんは、裁判で話した以上のことはなにも語らなかった。私は次第に事件に興味を失い、年月が経つうちに、私たちは単なるペンフレンドになった。そのうち、私は、彼が死刑囚であることも意識できなくなっていった。なんとなく拘置所で老衰し死んでいくような気がしていた。いや、彼の死のことをほとんど考えなくなっていた。

本文にもあるように、本書の執筆のきっかけは平田信の裁判だった。
二〇一一年に起きた東日本大震災と原発事故。この大惨事をテレビで観続けたことで、平田信は自首を決意したという。その気持ちは理解できる気がした。あの震災の年、私の義父母が相次いで亡くなった。義母は脳出血、義父は老衰だった。震災とは無関係の家族の死。テレビで報じられることもなく人は毎日死んでいるんだ、と思った。誰の家の居間にも、死はぬっと上がって来る。

みんな死ぬ。いつか死ぬ。私だってそのうち死ぬのだ。だとすれば、必ず死ぬ運命の人間が生きている意味とはなんだろう。あたりまえだった日常が地震で崩れて穴が空いた。穴からわらわらと疑問がわいてきた。

ヤスさんは、なぜ殺されるために生かされているんだろう。

「東京に直下型地震が起きたらここが一番安全な場所だね」と言うと、彼は「そうかもしれません」と複雑な顔をした。

「あんな大変な津波がきて、たくさんの人が亡くなったのに、何もできないでこうして生きていて申し訳ない気持ちです」

私はため息をついた。どこまでいい人なんだろう、と。彼は私より新聞をよく読んでおり、社会情勢に詳しかった。社会的存在としての自由と権利をなにもかも奪われているくせに、社会に参加しようとしていた。選挙権もない、行動の自由もない、表現の自由もない。それなのに社会とどう結びつく気なのか。

生きている限り社会にコミットしようとするヤスさんのあがきを見ると苦しくなった。もう諦めて世捨て人になったほうが楽なんじゃないか。社会はあなたのことを忘れている。そして国はあなたの存在を社会から抹殺している。世論はあなたを早く死刑にしろと言っている。そんな中で、どうしてあなたは社会と真面目に向き合おうとする？

それにもう二度と社会に出ることはないんだよ。

あのね、ヤスさん。いくら模範囚になって、笑顔で刑務官に接したところで何も変わらないんだよ。拘置所はあなたの態度や反省など認めやしない。その証拠に平田信の裁判でもあなたは相変わらず殺人マシーンとして扱われた。拘置所は木の衝立（ついたて）で家畜のようにあなたを囲った。決して人目に触れさせず、厳重に警戒し、社会から遮断した。もうあなたの人間性を示す機会は与えられない。

一度犯した大罪は取り返しがつかない。それがこの社会の罰だ。

誠実に生きようとする努力が無駄でしかないのはせつないことだった。

時々酔っぱらって、友人に愚痴をこぼした。

「死刑囚に対する東京拘置所の対応がほんとうに酷いんだ。あれはイジメだよ」

相手はポカンとするか、あるいは眉根に皺を寄せて言う。

「しかしまあ、教団もまだ活動しているようだし何かあったらいけないからね。それに殺人を犯したわけだから、殺人犯として扱われるのは仕方のないことなんじゃないか」

「そうかもしれない」と私は呟く。

「だいたい、そういう真面目で頭のいい男がなんでサリンを撒いたんだか。逃げる時間だってあったろうに」

私は笑って答える。

「ま、林泰男が大バカだったとしか言いようがないわ」

そして黙る。話題を変えなければと思う。

周りはもう来週のダービーの話に興じている。話が頭に入って来ない。身体が硬くなる。そして悪酔いする。

拘置所からの帰り道、よく思い出した光景がある。

品川区の食肉処理場。牛の解体現場。大鉤に吊り下がった牛の肉が、暗い冷蔵庫からレールで運ばれて来る。皮を剝がれた肉の塊。かつて牛だったもの。かつて生命だったもの。それが次々と処理され、目の前を流れていく。

「牛はどこも捨てるところがないんです。全部利用します」

神から与えられたものをすべて削ぎとられ、逆さに吊るされた赤い肉塊。やがて切り分けられ牛としての存在は消え、牛肉になる。

拘置所で生かされているヤスさんは、社会的存在としての人間なのか？

事件のことを本に書きたいと言ったら、ヤスさんは「協力する」と言ってくれた。平田信の裁判の法廷で起きたことを中心に、地下鉄サリン事件の前後のヤスさんの心情を書きたいと伝えた。小説のゲラが上がるまで、ヤスさんには見せなかった。

実際、この小説は全くヤスさんの意に沿わなかったらしく、ゲラを送ったあとに猛烈な怒りの手紙が来た。そこにはこう書かれていた。

「田口さんは、私をこんなふうに思って見ていたんですか？」

あまりにヤスさんに寄り添った内容では読者が白けてしまう。だから、主人公の羽鳥よう子はヤスさんを疑い続けるように描いている、すべてが私だと思わないでほしい。そう伝えたけれど、全く通じなかった。この本は出版しないでくれと言われた。ヤスさんはこうも言った。

「自分の罪は認める。自分は死刑に値することをした人間だ。だが、あの事件の前も、事件の後も、自分なりに一生懸命に生きてきた。そういう私の人生を自分は大切にしている。なのにここにはそれが描かれていない。これを読んだ人は、ただの軽薄で不真面目な人間だと思うだろう」

そうなのか、そんな風に書いたつもりはなかったけれど、でもそう感じるのなら私の筆力不足に違いない。若き日の彼や、オウム時代の彼を私は知らない。そこは描かれていない。

お互いをけなし合うような手紙のやり取りが続き、だんだんと私は消耗してきた。確かに私はヤスさんを理解できていない。彼の大切な人生にケチをつけたのだろう。彼が納得しない限り出版は無理だ。それでもしょうがないと思った。

お互いに遠慮し、きれい事でしゃべっていた関係が崩れた。ヤスさんが私に怒りをぶつけるようになり、私もそれに刃向かって口論を繰り返しつつ、面会と文通は続いた。便箋二十枚もの批判が届き、私も同じだけ書いて返事を送った。毎日、毎日、届く手紙に応戦した。関係だけは切るものかと意地になっていた。他人を描くってこんな難しいことか、と思い、ここでメゲたらもう書けなくなるかもと思った。

その間にいろんなことが起きた。ある個人的な事情で非常に落ち込み、ストレスで難聴になった。ヤスさんとは全く無関係の出来事だったが、面会に行って愚痴をこぼすと彼は熱心に話を聞いて慰めてくれた。ほんとうに、優しい人だなと思った。

ゲラを渡してから一年後にヤスさんから「田口さんが好きなように書いて出版してください」という手紙が届いた。「私はもう一切、内容には口出ししません」とあった。

相当に苦渋の決断だったろうと思う。

「本当に出すよ？　いいの？」

「出してください」

なんで気が変わったのかと理由を聞いたらやぶ蛇（へび）になる気がして「ありがとう」とだけ返事をして編集者に連絡した。

ヤスさんは有言実行の人で、その後は一切、内容に関して何も言わないどころか「せっかく出版するのだからたくさん売れたらいいですね」と言ってくれた。

私はあまりに仰天して、涙も出なかった。

二〇一八年三月、ヤスさんが突然に東京拘置所から移送された。

臨時ニュースを沖縄旅行中のホテルのテレビで観た。

「オウムのことニュースでやってるよ」と女友達に呼ばれて飛んで行くと「林泰男仙台拘置支所」のテロップが目に飛び込んできた。慌ててヤスさんの弁護士に電話をした。

「なんで急に仙台なんですか?」

「わかりませんが、たぶん執行の準備でしょう。東京拘置所ではあれだけの数の死刑囚を一度に執行できませんから」

執行を一度に行う気なのか?　十三人もの死刑囚を?　まさか。

シートで覆われて家畜のように仙台に運ばれるヤスさんが浮かんだ。

ついに、処刑があるのか。

でも私は旅行を楽しんだ。処刑は不安だけれど、海は青くてきれいだしビールはうまかった。

「執行があるの?」と友達が心配そうに言う。

「うん、いよいよみたいだね」

そう言いながら、私はまたなにかの役を演じていた。ぜんぜん現実感がなかった。

移送をきっかけに再び、マスコミのオウム報道が盛んになると、私は奇妙な優越感をもってニュースを観ていた。

(みんなオウム死刑囚を知らないくせに、なんて嘘ばっかり書いているんだろう)

その頃からだ。日本語を聞いていると不愉快になりテレビを切るようになった。誰も彼もがドラマみたいな演技をしている。人間と人間の会話がどこにもない。そういう自分も演技しかしていない。

演技じゃないことをしたいのに、オウム事件について話そうとすると普通にしゃべれない。文章もうまく書けない。

「最近、日本語を使いたくないんだよね。どうも日本語が醜悪でキモチ悪くて」そう言うと、帰国子女の友人が「わかる、わかる」と言った。

「日本語には日本が貼りついているからね」

口から出る言葉がすべて嘘臭く、薄っぺらで耐えられない。駅で、コンビニで、ホテルのフロントで、機械のような声色でまくしたてられると泣きそうになった。

「すみません、もっと普通にしゃべってください」

そう言うと相手は不思議そうな顔をする。

お願いですから、普通にしゃべってください。哀願していた。

仙台移送から一週間後、交流許可が降りて面会に行った。

仙台拘置支所は寒くて陰気で黴臭かった。ローカル線の駅舎のような狭い待合室で面会整理札を貰う。人は少なくすぐに順番が来た。面会室の電気も暗い。待っていると刑務官に連れられたヤスさんが現われた。

「こっちは寒い？　少し瘦せたね」

「東京拘置所よりも冷えますねえ。Hさんに頼んで布団を差し入れしてもらいました」

「突然だったね」

「そうなんです、朝、いきなり荷物をまとめるように言われて。どこに行くとも何も教えられないまま車に乗せられてここに来ました。今も周りがどんな場所か全然わからないです」

「周りは住宅街だよ。道を隔ててすぐアパートが建ってる」

「そうなんですね。時々、子どもの声が聞こえるけど幼稚園でも近くにあるのかな。そうそう、ここではお金を出せば外から出前が取れるんですよ。もう、嬉しくって二十年ぶりに天丼を食べたら胃がびっくりしたらしくお腹をこわしました」

「ずいぶんルールが違うね。ここは購買所がないから食べ物の差し入れができないし」

「いろいろ勝手が違うんで、またご迷惑をおかけするかもしれません」

「なにか困ったことはある?」

「実は、言い難いんですが、洗濯が出せないんです……」

「洗濯?」

「東京拘置所では洗濯を業者に依頼できたんですがここではそれができない」

「わかった、洗濯物はうちに送ってくれれば洗濯して送り返すから大丈夫」

「すみません、こんな還暦を過ぎたジジイの汚い下着を洗わせてしまうと思うと申し訳なくて……」

仙台拘置支所の面会時間は三十分だった。

「出会ってずいぶんになるけど、三十分の面会時間は初めてだね」

「三十分あると会っているという実感があります」

「でも短い。一時間くらい話せたらいいのに」

「こんな遠くまで来てもらって、本当に申し訳ないとしか言いようがありません」

「ヤスさんのせいじゃないし。みんないろんな場所にバラバラになっちゃって、交流する人は大変だろうな」

「執行が近いってことでしょう」

「そういうことではないと、弁護士さんも言っていた」

「私はいつ執行が来ても覚悟はできているんで」

　ほんとうに？　それが本心？

「………、せっかく仙台に来たので二泊することにしたから。明日も明後日も面会に来てもいいかな？」

「そんなに来てもらえるなんてホンマありがたいですが、お仕事は大丈夫なんですか？」

「自由業だもの、どうとでもなるよ」

　仙台拘置支所を出て地下鉄の駅に向かって歩きながら、いつもよりも気持ちが穏やかな自分に気づいた。演技していない。なんでだろう。いま、普通にしゃべっていた。

　三月の移送のあと、四月から五月にかけて、私は英語を学ぶという目的でフィリピンに渡った。セブ島語学留学。時間外レッスンも受けて一日十時間近く、陽気なフィリピン人とカタコトの英語でしゃべり続けた。すごく楽だった。

「ランディさんは、なんでフィリピンに行ったんでしょうか。英語がそんなに必要なのかな」と、ヤスさんは他の交流者に言ったそうだ。

　ごめん。たぶん、私はあなたの現実から逃避したんだと思う。

帰国すると某テレビ局のディレクターから取材依頼があり、ヤスさんについて知りたいという。その記者から七月の国会後あたりに執行があるだろうと聞いた。確かな筋の情報らしく、彼はオウム特番の準備を急いでいた。

「林泰男のコメントがどうしても欲しいんですよ。林さんにお願いできませんか?」

他の記者と違い、この若いディレクターはオウム事件をよく取材し、他の死刑囚とも交流していた。彼ならヤスさんのこともありのままに伝えてくれそうだと思い、私はヤスさんにそのことを伝えた。

「どうせ何かしら放送される。これはどうしようもない。だったらちゃんと放送してくれる人に託したい」

ヤスさんは全然乗り気じゃなかった。

「ランディさんは、なんでその人を信頼したんですか?」

「ふつうの言葉をしゃべる人だった。なにも言わなければ勝手に作られて放送される。それより彼を信じたい」

ヤスさんは、渋々と手紙の一部を見せることを承諾した。

「本だって書いてほしくなかったのに。いつもこういうことばかり頼んでるよね」

「できれば、注目されたくないです」

「わかっているけれど、それは無理だよヤスさん」

五月に入るとヤスさんからの手紙が増えた。三日おきくらいに封書が届く。仙台での生活が安定してきたようで、手紙から執行の話題は消えて仙台の日々がユーモラスに綴られている。私の気分を落とさないように気遣っているのがわかる。

もう他人に気を遣うのはやめようよ、十分だよ。それとも、これがあなたの素の姿なの？　あなたがなぜそんなに優しくいられるのかわからない。それは演技ではないのか。ほんとうに世の中に感謝している？　朝、目が覚めて鳥の声が聞こえたら幸せなのか。信じられない。ブッダじゃあるまいし。

七月に執行があるのを知っているのに、なんだか当分このやりとりが続く気がしてしまう。彼が穏やかなせいもあって、移送が示す「執行」という現実を受け入れられない。いろんな記者から取材依頼がある。しゃべっていると冷や汗が出てくる。なんでそんなに紋切り型なのか。普通にしゃべって下さい。日本語ってこんなに汚い言葉だった？

七月の国会明けに執行がある。あと二ケ月で、この世界からヤスさんが消える。

ヤスさんから送られてくる下着を洗濯し、干して、たたみ、返送する。一度、返送する荷物の中に差し入れの本を入れたら送り返されてきた。本は本、下着は下着で送らなければならないようだ。拘置所から返送されてきた本に突然、怒りが発火した。バカやろう！　破り捨ててやりたくなった。本に罪はないのに。

月に一回は仙台に行き、二泊か三泊した。ビジネスホテルに泊まり、拘置所に行き、三十分面会する。後は何もすることがないので拘置所の周辺を歩いて散策した。のどかな住宅街が続いている。喫茶店でお茶を飲み、駅前のカラオケで一人で中森明菜を歌った。夕飯はサイゼリヤで食べた。誰とも会いたくなかった。しゃべりたくもない。翌日も昼過ぎに面会に行き、散策した近辺の様子をヤスさんに話して聞かせた。

六月の面会の時は執行について話し合った。

七月に執行があることはもう一部の雑誌に出ており、ヤスさんも知っていた。私たちの間で執行の話題がだんだん増えていった。

「このあいだ、弁護士さんが新聞記者に見せた手紙が無断で記事に引用されていました。びっくりしましたが、被害者の方を傷つけるような記事ではなくてよかったです……」

メディアの報道を、彼はものすごく気にしてチェックしていた。もう誰も傷つけたくない、が口癖だった。

「……そうか、私も気をつけるね。でも、私は執行の後ヤスさんのことを書くと思う。書かないと断言する自信はない」

「それはもう、田口さんの自由ですから」

私が黙っていると、いつものように彼は言った。

「執行があったら、寿命だと思ってください」

その日は、死刑がどのように執行されるのかをヤスさんが教えてくれた。死刑執行の前に鰻(うなぎ)が出るとか、ご馳走が出るとか、そういう話があるけれどあれは嘘だと。

「いきなりご馳走を出されても、ショックで食べられないと思うし」

「……そうだよね」

「処刑は午前中に行われるんです。朝、刑務官がやって来て連れられて行って、教戒師と会うかどうかなど、質問され、いろいろ手続き的なことがあり、荷物を片づける時間も、遺書を残す時間もないんです」

「そんなに急(せ)かされるの？」

「そうなんです。かつて一人の死刑囚が執行の前夜に自殺をした、そのたった一つの事例でもってすべての死刑囚に、自殺防止のためという理由で執行の告知を止め、当日にいきなり処刑をするというのは、おかしいと思うんです。せめて死刑囚全体の希望を聞いて判断してもらいたいです」

「ヤスさんは、処刑の日を知らせてほしいんですね?」

「はい」

七月六日金曜日、一回目の処刑があった。

教祖の麻原彰晃他、七名に絞首刑が執行。

ヤスさんは、六日の執行をお昼のNHKラジオニュースで知ったと言った。他のオウム死刑囚の多くも、当日のうちにかつての同胞の処刑を知ったという。

拘置所側は常々、面会時間が少ないのも、家族と接触させないのも「すべては死刑囚の心の安定のため」と言っていたのだが、仲間の処刑のニュースを隠そうともしていなかった。

「土日は刑務官が休みで執行はありませんから、私は月曜日に処刑されると確信しました」

処刑を覚悟したヤスさんは土日のうちに遺書を綴った。死刑執行は予告なく突然に来る。これまではそうだった。だが、ヤスさんは望み通りというべきか、執行日を予想できる異例の死刑囚となり、家族に、友人に必死で遺書を書いた。長い長い遺書だった。

そして迎えた月曜日、執行はなかった。

「いつも通りに朝食が出て……、あれ？　と思いました。午後には家族が面会に来て励ましてくれました。この日は拘置所が特別に一時間面会させてくれました」

出張していた私は木曜日にやっと仙台に入った。

「実は、もう二度と会えないと思っていたから、ランディさんにも遺書を送ってしまいました……」

「まだ受けとっていないけれど、きっと家に着いているね」

「お願いですから、恥ずかしいですから、私が死んでから読んでほしいです」

「やめてよ、もう！」

その時、私は、自分でも信じられないことを口走った。

「当分、執行はないと思う。世論が今回の執行にショックを受けている。殺す必要はなかったって言う被害者もいた。連続して十三人もの人間を処刑したら他国からも、アムネスティからも批判を受ける。政府だって慎重にならざるをえないよ」

ヤスさんは、まじまじと私を見た。

「そうだといいですが……」

「弁護士さんも、そう言ってた」

私はこの時、自分の嘘を信じていた。当分執行はない、と確信をもって言い放った。同時に、執行まであとわずかだ……と知っていた。完全に分裂して大嘘つきになっていた。それを変だとも思わなかった。

この日は仙台に泊まり、翌日七月十三日金曜日も面会した。

それが最後の面会になった。


「ヤスさんの言葉を、ディレクターに伝えてもいい？　仲間の処刑を知った時の感想を知りたがっている」

彼は嫌そうだった。

「こういうふうに伝えるから」と、私はメモ用紙に書いて見せた。うんと目を細めて読んでいた。ほんとうに嫌なんだなと思った。

「でも、何か言わなければ、勝手に書かれる。それがマスコミだから」

彼は頷き、そこで面会時間が切れた。ほとんど他の話をする余裕がなかった。「いろいろ伝えたいことは手紙に書く」と、私は立ち上がった。

仙台拘置支所には妙なルールがあり、面会者の退出を死刑囚が見送らなければならない。「じゃあ、また来る」と言って手を振ると、ヤスさんも遮へい板の向こうで手を振った。

その日、どうやって電車に乗り自宅に戻ったのか記憶がない。

そのあとも、ヤスさんから毎日手紙が届いた。その手紙に返事を書こうとするのだが、何を書いてよいかわからず、書いては破り、書いては破り、何冊もの便箋を無駄にした。どうしても書き進めることができなかった。何を書いても嘘っぽい。机の上が便箋で埋まった。今日こそ書こうと思うのに、言葉が続かない。

違う、違う、違う。こんなんじゃない。こんなこと言いたいんじゃない。

返事が書けないまま、執行の日を迎えた。

七月二十七日金曜日、ヤスさんが処刑された翌日、執行の朝に書かれた手紙が届いた。

文章が中途半端に終わっているのはたぶん刑務官が来たからだ。彼は朝早く起きて手紙を書く。執行の二十六日もそうだったのだろう。朝飯の前に刑務官が現われた。

「来た」と思ったろう。

書きかけのまま慌てて封筒に入れて送ったのだ。だから消印は処刑の当日。前日までの、行動記録のような手紙。特別なことは何も書かれていない。

〈朝です。鳥たちの声が聞こえます……。〉

そういえば、最後の面会の時「支援者のみなさんに形見分けをして、本や文具などを袋に詰めた」と言っていたのに、そんな袋は残っていなかった。〈形見など遺されても相手が困惑する〉と思いとどまったのか。あるいは捨てられたか。

遺体は刑務官によって拘置所内で焼かれた。遺骨は後に家族の元に配送された。遺された日用品や本の多くは捨てられ、規則によって定められたダンボールの数だけ遺品として戻ってきた。雑多に詰められた彼の持ち物の中から、使い込んだ国語辞書と広辞苑、ボールペンをいただいた。

［主要参考文献（順不同）］


髙山文彦『麻原彰晃の誕生』文春新書　二〇〇六年
佐木隆三『慟哭　小説・林郁夫裁判』講談社　二〇〇四年、講談社文庫　二〇〇八年
ロバート・J・リフトン、渡辺学訳『終末と救済の幻想　オウム真理教とは何か』岩波書店　二〇〇〇年
カール・グスタフ・ユング、河合隼雄監訳『人間と象徴　無意識の世界　上下』河出書房新社　一九七五年
赤坂憲雄『ゴジラとナウシカ　海の彼方より訪れしものたち』イースト・プレス　二〇一四年
宮崎駿『風の谷のナウシカ　1〜7』徳間書店　一九八三〜一九九四年
サティシュ・クマール、加島牧史訳『もう殺さない　ブッダとテロリスト』バジリコ　二〇〇八年

この小説は、実際に起こった事件を題材にして書かれたフィクションです。

［初出］
「文藝」二〇一四年夏季号〜二〇一五年秋季号、二〇一六年春季号
［単行本］
二〇一七年十一月刊
単行本化にあたっては、大幅に加筆・修正を行いました。

# 逆さに吊るされた男

二〇二一年 二 月一〇日 初版印刷
二〇二一年 二 月二〇日 初版発行

著 者 田口ランディ
発行者 小野寺優
発行所 株式会社河出書房新社
〒一五一-〇〇五一
東京都渋谷区千駄ヶ谷二-三二-二
電話〇三-三四〇四-八六一一(編集)
〇三-三四〇四-一二〇一(営業)
http://www.kawade.co.jp/

ロゴ・表紙デザイン 粟津潔
本文フォーマット 佐々木暁
本文組版 KAWADE DTP WORKS
印刷・製本 中央精版印刷株式会社


Printed in Japan ISBN978-4-309-41797-4

## ＪＲ上野駅公園口

柳美里　41508-6

一九三三年、私は「天皇」と同じ日に生まれた——東京オリンピックの前年、出稼ぎのため上野駅に降り立った男の壮絶な生涯を通じ描かれる、日本の光と闇……居場所を失くしたすべての人へ贈る物語。

## 椿の海の記

石牟礼道子　41213-9

『苦海浄土』の著者の最高傑作。精神を病んだ盲目の祖母に寄り添い、ふるさと水俣の美しい自然と心よき人々に囲まれた幼時の記憶。「水銀漬」となり「生き埋め」にされた壮大な魂の世界がいま蘇る。

## 無知の涙

永山則夫　40275-8

四人を射殺した少年は獄中で、本を貪り読み、字を学びながら、生れて初めてノートを綴った——自らを徹底的に問いつめつつ、世界と自己へ目を開いていくかつてない魂の軌跡として。従来の版に未収録分をすべて収録。

## 岸辺のない海

金井美恵子　40975-7

孤独と絶望の中で、〈彼〉＝〈ぼく〉は書き続け、語り続ける。十九歳で鮮烈なデビューをはたし問題作を発表し続ける、著者の原点とも言うべき初長篇小説を完全復原。併せて「岸辺のない海・補遺」も収録。

## 柔らかい土をふんで、

金井美恵子　40950-4

柔らかい土をふんで、あの人はやってきて、柔らかい肌に、ナイフが突き刺さる——逃げ去る女と裏切られた男の狂おしい愛の物語。さまざまな物語と記憶の引用が織りなす至福のエクリチュール！

## 琉璃玉の耳輪

津原泰水　尾崎翠〔原案〕　41229-0

３人の娘を探して下さい。手掛かりは、琉璃玉の耳輪を嵌めています——女探偵・岡田明子のもとへ迷い込んだ、奇妙な依頼。原案・尾崎翠、小説・津原泰水。幻の探偵小説がついに刊行！

# 11　eleven

## 津原泰水

41284-9

単行本刊行時、各メディアで話題沸騰＆ジャンルを超えた絶賛の声が相次いだ、津原泰水の最高傑作が遂に待望の文庫化！　第２回Twitter文学賞受賞作！

# 溺れる市民

## 島田雅彦

40823-1

一時の快楽に身を委ね、堅実なはずの人生を踏み外す人々。彼らはただ、自らの欲望に少しだけ素直なだけだったのかもしれない……。夢想の町・眠りが丘を舞台に島田雅彦が描き出す、悦楽と絶望の世界。

# あの蝶は、蝶に似ている

## 藤沢周

41503-1

鎌倉のあばら屋で暮らす作家・寒河江。不埒な人……女の囁きが脳裏に響く時、作家の生は、日常を彷徨い出す。狂っているのは、世界か、私か――『ブエノスアイレス午前零時』から十九年、新たなる代表作！

# ブエノスアイレス午前零時

## 藤沢周

41324-2

雪深き地方のホテル。古いダンスホール。孤独な青年カザマは盲目の老嬢ミツコをタンゴに誘い……リリカル・ハードボイルドな芥川賞受賞の名作。森田剛主演、行定勲演出で舞台化！

# さだめ

## 藤沢周

40779-1

ＡＶのスカウトマン・寺崎が出会った女性、佑子。正気と狂気の狭間で揺れ動く彼女に次第に惹かれていく寺崎を待ち受ける「さだめ」とは……。芥川賞作家が描いた切なくも一途な恋愛小説の傑作。

# シメール

## 服部まゆみ

41659-5

満開の桜の下、大学教授の片桐は精霊と見紛う少年に出会う。その美を手に入れたいと願う彼の心は、やがて少年と少年の家族を壊してゆき――。陶酔と悲痛な狂気が織りなす、極上のゴシック・サスペンス。

## 私戦

### 本田靖春

41173-6

一九六八年、暴力団員を射殺し、寸又峡温泉の旅館に人質をとり篭城した劇場型犯罪・金嬉老事件。差別に晒され続けた犯人と直に向き合い、事件の背景にある悲哀に寄り添った、戦後ノンフィクションの傑作。

## 邪宗門 上

### 高橋和巳

41309-9

戦時下の弾圧で壊滅し、戦後復活し急進化した"教団"。その興亡を壮大なスケールで描く、39歳で早逝した天才作家による伝説の巨篇。今もあまたの読書人が絶賛する永遠の"必読書"！　解説：佐藤優。

## 邪宗門 下

### 高橋和巳

41310-5

戦時下の弾圧で壊滅し、戦後復活し急進化した"教団"。その興亡を壮大なスケールで描く、三十九歳で早逝した天才作家による伝説の巨篇。今もあまたの読書人が絶賛する永遠の"必読書"！

## 死刑のある国ニッポン

### 森達也／藤井誠二

41416-4

「知らない」で済ませるのは、罪だ。真っ向対立する廃止派・森と存置派・藤井が、死刑制度の本質をめぐり、苦悶しながら交わした大激論！　文庫化にあたり、この国の在り方についての新たな対話を収録。

## 教養としての宗教事件史

### 島田裕巳

41439-3

宗教とは本来、スキャンダラスなものである。四十九の事件をひもときつつ、人類と宗教の関わりをダイナミックに描く現代人必読の宗教入門。ビジネスパーソンにも学生にも。宗教がわかれば、世界がわかる！

## カルト脱出記

### 佐藤典雅

41504-8

東京ガールズコレクションの仕掛け人としても知られる著者は、ロス、NY、ハワイ、東京と九歳から三十五歳までエホバの証人として教団活動していた。信者の日常、自らと家族の脱会を描く。待望の文庫化。

## 軋む社会　教育・仕事・若者の現在

本田由紀　41090-6

希望を持てないこの社会の重荷を、未来を支える若者が背負う必要などあるのか。この危機と失意を前にし、社会を進展させていく具体策とは何か。増補として「シューカツ」を問う論考を追加。

## 福島第一原発収束作業日記

ハッピー　41346-4

原発事故は終わらない。東日本大震災が起きた二〇一一年三月一一日からほぼ毎日ツイッター上で綴られた、福島第一原発の事故収束作業にあたる現役現場作業員の貴重な「生」の手記。

## 「噂の眞相」トップ屋稼業　スキャンダルを追え!

西岡研介　40970-2

東京高検検事長の女性スキャンダル、人気タレントらの乱交パーティ、首相の買春検挙報道……。神戸新聞で阪神大震災などを取材し、雑誌「噂の眞相」で数々のスクープを放った敏腕記者の奮闘記。

## なぜ人を殺してはいけないのか?

永井均／小泉義之　40998-6

十四歳の中学生に「なぜ人を殺してはいけないの」と聞かれたら、何と答えますか？　日本を代表する二人の哲学者がこの難問に挑んで徹底討議。対話と論考で火花を散らす。文庫版のための書き下ろし原稿収録。

## カネと暴力の系譜学

萱野稔人　41532-1

生きるためにはカネが必要だ。この明快な事実から国家と暴力と労働のシステムをとらえなおして社会への視点を一新させて思想家・萱野の登場を決定づけた歴史的な名著。

## 孤独の科学

ジョン・T・カシオポ／ウィリアム・パトリック　柴田裕之〔訳〕　46465-7

その孤独感には理由がある！　脳と心のしくみ、遺伝と環境、進化のプロセス、病との関係、社会・経済的背景……「つながり」を求める動物としての人間——第一人者が様々な角度からその本性に迫る。